Nicht die von einem deutschen Rocksänger bereits formulierte und auf Tonträger verewigte Frage ›*Wann ist ein Mann ein Mann?*‹ war es, die den Autor so sehr beschäftigte, dass er wieder zur Feder griff, sondern diejenige, wann ein Mann als ein *ordentlicher* Mann bezeichnet werden kann.

Diese sowie weitere existenzielle Fragen werden in dem vorliegenden Buch exakt und erschöpfend beantwortet.

Raniero Spahn, Jahrgang 1946, lebt in Duisburg. Der vorliegende Band ist das dritte Werk des Autors. Ein weiterer Band ist in Vorbereitung.

Raniero Spahn

Ein ordentlicher Mann

Satirische Erzählungen

Juni 2006
Alle Rechte liegen beim Autoren
Herstellung und Verlag:
Books on Demand GmbH, Norderstedt
ISBN 3-8334-5146-7
Umschlagbild: © www.Photocase.com 2006

Inhalt

Verkehrte Welt

Unendlich langsamen Schrittes bewegten sich die beiden älteren Herren dem Gipfelrestaurant zu. Den Weg vom Tal herauf hatten sie mit der Seilbahn hinter sich gebracht, nun trennte sie nur noch wenige Meter vom Ziel. Das Wetter spielte mit, bei diesem Ausflug, ein strahlender Herbsttag mit blauem Himmel versprach eine Rundumsicht vom Feinsten. Schlurfend betraten die Männer die gut besuchte Panoramaterrasse, durchwanderten diese gemächlich, bevor sie sich schließlich schwer atmend an einem freien Tisch niederließen.

»Habe ich dir zuviel versprochen«, fragte der Jüngere der beiden in euphorischem Tonfall, »eine derartige Aussicht hättest du wohl nicht für möglich gehalten? Bei diesem Wetter kann man von hier bis nach Italien sehen.«

»Südtirol, Paul Peter, meinst du wohl«, antwortete der Andere »wie oft habe ich dir schon gesagt, dass es Südtirol heißt!«

»Aber das liegt doch auch in Italien, so glaube mir doch, Südtirol liegt in Italien.«

»Für mich nicht«, entgegnete der Ältere knapp, »gib mir mal die Speisekarte!«

Im gleichen Augenblick trat die Kellnerin, eine junge Frau Mitte Zwanzig mit großzügiger Oberweite an den Tisch.

»Haben die Herren schon einen Getränkewunsch?«

»Zwei Krüge Weißbier, schöne Frau«, riefen die Herren unisono.

Während der Jüngere den Blick nicht von dem überwältigenden Gebirgspanorama wenden konnte, schaute der Alte zuerst der Gebirgswelt der Kellnerin hinterher, bis sie im Innern des Restaurants verschwand, sodann vertiefte er sich in die Speisekarte.

»Was willst du denn essen, Junge?« knurrte er schließlich, »Es wird Zeit, dass du dich entscheidest. Gleich kommt die Kellnerin zurück, und du guckst immer noch in die Berge.«

»Entschuldige bitte, aber der Ausblick ist einfach phantastisch, man kann sich kaum davon losreißen.«

»Mein Ausblick ist auch nicht gerade schlecht«, antwortete der Ältere und starrte mit großen Augen in Richtung der weiblichen Bedienung, die, eine stattliche Anzahl von Bierkrügen auf ihrer üppigen Brust balancierend, wieder auf die Terrasse trat. Nachdem die Krüge vor ihnen standen, genehmigten sich die zwei erst einmal einen tiefen Schluck, auf die schöne Bergwelt, wie sie meinten, worunter beide wohl etwas anderes verstanden.

»Kann ich schon mal etwas zu essen bestellen?« fragte der Ältere die Bedienung, »Er braucht wahrscheinlich noch eine Weile«.

»Aber natürlich, mein Herr.«

Während Paul Peter noch mit der Karte beschäftigt war, bestellte der Alte ein Schnitzel mit Pommes frites und Salat.

»Aber den Seniorenteller bitte, nicht die normale Portion.«

Die Kellnerin runzelte die Stirn.

Nun hatte auch Paul Peter seine Wahl getroffen.

»Das Gleiche für mich auch, bitte, schöne Frau!«

»Sie wollen beide den Seniorenteller, meine Herren« hakte die Kellnerin nach, ein wenig konsterniert, »muss das sein?«

»Wie bitte, was ist das denn für eine Frage?« empörten sich die beiden Gäste.

»Ja, es tut mir Leid«, druckste die Kellnerin, die sich offenkundig immer weniger wohl zu fühlen begann, »aber kann ich bitte mal Ihre Ausweise sehen?«

»Was wollen Sie sehen? Unsere Ausweise? Da hört sich ja alles auf! Was soll denn dieser Unsinn, gute Frau?«

Die Kellnerin, die auf diese Weise von einer schönen zu einer guten Frau mutiert war, bekam einen knallroten Kopf.

»Es tut mir Leid«, wiederholte sie, »aber ich muss Sie darum bitten. Wir haben verschärfte Bestimmungen, seit einiger Zeit.«

»Verschärfte Bestimmungen, für einen Seniorenteller? Das ist wohl ein Witz«, ereiferten sich die Alten.

»Wir sind angehalten«, fuhr die Bedienung fort, mit leiser Stimme, »bei all unseren Sondergerichten den amtlichen Altersnachweis zu verlangen. Das gilt für den Kinder- wie auch für den Seniorenteller, und, wenn Sie die Karte einmal umdrehen, auch für den Clou unseres Hauses, den Greisiorenteller.«

Die beiden Alten waren sprachlos; in der Tat gab es als Sonderangebot das gleiche Schnitzel als so genannten Greisiorenteller.

»Der ist sogar noch drei Euro billiger«, staunten sie, »was ist denn das für ein Teller, wird da ein Gebiss gleich mit geliefert?«

Die Gesichtsfarbe der Kellnerin wechselte vom knallroten ins tiefrote.

»Ich kann doch auch nichts dafür, für diese Bestimmungen«, murmelte sie, »das sind Auflagen unserer Geschäftsleitung.«

»Dann holen Sie mal den Geschäftsführer, liebe Frau!« hatten die beiden Gäste Mitleid mit ihr.

Mit eiligen Schritten entfernte sich die wieder als lieb angesehene Frau vom Tisch, um gleich darauf in Begleitung eines dynamischen jungen Mannes Anfang Dreißig zurückzukehren.

»Womit kann ich dienen, meine Herren«, erkundigte sich der Chef des Hauses in jovialem Tonfall, »gibt's einen Grund zur Klage?«

»Das möchten wir wohl meinen, junger Mann«, fuhr ihn der Ältere barsch an, »was sind denn das für Methoden? Wir beide, mein Sohn und ich, wollten jeweils einen Seniorenteller bestellen, und man will vorher unsere Pässe sehen. Ja, wo leben wir denn? Damit Sie es genau wissen, mein Sohn ist einundsechzig Jahre alt, Frührentner, und ich selbst gehe auf die neunundachtzig zu, sieht man uns das nicht an?«

»Ich zweifle keine Minute daran«, beeilte sich der Geschäftsführer zu versichern und versuchte ein Kompliment, um die Stimmung, wie er glaubte, zu verbessern, »das heißt natürlich, man sieht Ihnen beiden eigentlich gar nicht Ihre Jahresringe an. Sie haben sich, mit Verlaub gesagt, erstaunlich jung gehalten. Gleichwohl, so Leid es mir tut, damit liegen Sie, mein Herr, knapp unter der Altersgrenze.«

»Mit neunundachtzig Jahren knapp unter der Altersgrenze, für einen Seniorenteller«, polterte der Vater los, während der Sohn sich die Ohren zuhielt, »wie alt muss man denn in diesem Laden sein, um so einen Scheißteller zu kriegen?«

»Aber beruhigen Sie sich doch, mein Herr«, entgegnete der Geschäftsführer, »es ist uns auch nicht leicht gefallen, diesen Schritt zu gehen, aber aus demographischen Gründen mussten wir ihn tun.«

»Aus demographischen Gründen?«

»Leider, ja, meine Herren. Wie Ihnen gewiss nicht verborgen geblieben ist, werden die Menschen in diesem Land immer älter, und entsprechend aller seriösen Prognosen wird schon in allernächster Zeit das Verhältnis zwischen jung und alt radikal kippen. Auf diese Weise rutscht natürlich auch die allgemeine Lebenserwartung enorm nach oben, und Ihr Sohn ist, wenn ich mir die Bemerkung erlauben darf, heute mit seinen einundsechzig Jahren praktisch ein Jüngling. Kurz und gut, aus diesem Grund sahen wir uns gezwungen, die Maßstäbe anzugleichen und die Altersgrenze für unsere Seniorenteller heraufzusetzen; sie liegt jetzt bei neunzig Jahren.«

»Bei neunzig Jahren«, schrie der Alte, »soll das heißen, ich muss noch ein Jahr auf den verdammten Teller warten, und mein Sohn kriegt ihn vorläufig gar nicht?«

»Das ist leider so«, zuckte der Geschäftsführer bedauernd die Achseln, »wir können es nicht ändern. Was Ihren Sohn jedoch betrifft«, knipste er dem Alten ein Auge zu, »da könnten wir Ihnen entgegenkommen, ausnahmsweise. Aufgrund der allgemeinen Entwicklung, die ich Ihnen soeben geschildert habe, sahen wir uns natürlich auch veranlasst, die Altersgrenze für den Kinderteller anzuheben; die liegt nun bei Sechzig, aber da er ja nur ein Jahr drüber ist, will ich mal ein Auge zudrücken.«

Als den Beiden schließlich das Essen serviert wurde, Paul Peter der Kinderteller und seinem Vater die normale Portion, hatte der Alte noch eine Frage offen.

»Sagen Sie mal, schöne Frau, ab welcher Altersstufe beginnt eigentlich der Greisiorenteller?«

»Bei genau einhundertzehn Jahren.«

Bevor er sich auf das Schnitzel stürzte, zog der Alte sein Handy aus der Tasche.

»Was tust du, Vater?« wollte Paul Peter wissen.

»Ich rufe deinen Opa an, Junge.«

Der Jogger

An einem Tag im November – im Gegensatz zu diesem oftmals als grau bezeichneten Monat herrschte schönes Wetter, fast schon zu warm für diese Jahreszeit – besuchten meine Frau und ich einen Friedhof.

Dieses taten wir nicht am ersten Tag des Monats, wie man sofort geneigt wäre zu vermuten, weil an solch einem Tag alle Normalbürger die Friedhöfe aufsuchen, um den sterblichen Überresten ihrer lieben Verwandten und Freunden einen Besuch abzustatten, nein, es war ein ganz gewöhnlicher Samstag morgen, gegen zehn Uhr. Der Vorteil, an so einem Tag den Friedhof aufzusuchen, besteht darin, dass er nicht so übervölkert ist, mit lebenden Personen, wie an Allerheiligen. Auch hätte sich das, was uns an jenem Tag dort widerfuhr, sicher nicht am ersten November so zugetragen.

Als wir den Hauptweg betraten und uns gemächlichen Schrittes in Richtung der Grabstätte, die wir aufsuchen wollten, bewegten, machten wir eine Entdeckung, die uns arg in Erstaunen versetzte. Was war das denn? Wir trauten unseren Augen kaum. Ein Jogger!

Ein Jogger, in entsprechendem Outfit, kurze Hose, Turnschuhe und Leibchen, hastete über den Friedhof. Wir waren dermaßen verdutzt über diese außergewöhnliche Erscheinung an einem solchen Ort, dass wir erst spät, zu spät, so dass er es nicht mehr hören konnte, reagierten.

»Wohin so eilig, guter Mann?« rief ich ihm hinterher, aber der Zuruf erreichte ihn nicht mehr.

Nachdem sich die erste Verwunderung gelegt hatte, stellten wir Überlegungen an, was den Mann veranlasst haben könnte, in dieser Art über den Friedhof zu jagen.

Wir waren es gewohnt, von unseren bisherigen Anlässen, dass die Besucher im Bewusstsein angemessener Pietät die Stätte ewiger Ruhe aufsuchen, gemessenen Schrittes die markierten Wege einherschreiten und in würdevoller Haltung vor den Grabstätten verweilen. An diesem Ort pflegt man grundsätzlich alles in ruhiger, bedächtiger Form durchzuführen, Eile ist hier vollkommen fehl am Platze; warum auch, man hat ja Zeit, den Bewohnern hier fehlt es ja auch nicht an derselben.

Warum also diese Hast des Joggers? Hatte er Angst, einen Termin zu verpassen? Auf dem Friedhof? Wollte er zu einer Beerdigung? In diesem Aufzug? Wir fanden keine Antwort auf unsere Fragen und wollten das Thema schon abhaken, als aus einem Seitengang plötzlich der Jogger wieder hervor schoss und in den Hauptweg einbog, direkt auf uns zu. Jetzt hatte dieses merkwürdige Gebaren doch unser lebhaftes Interesse geweckt.

Wir wollten dem Mann gerade in den Weg treten, um ihn nach dem Grund für sein ungewöhnliches Verhalten an diesem geweihten Ort zu befragen, als er seinerseits den Lauf verlangsamte und keuchend vor Erschöpfung näher kam.

»Können Sie mir helfen«, sprach er uns an, »ich kenne mich hier nicht so gut aus. Ich suche eine bestimmte Grabstätte, in der Reihe C.«

Diese Angabe konnten wir nicht machen, aber wir versuchten, ihm weiterzuhelfen.

»Das wissen wir auch nicht«, gab ich zurück, »aber dort an der Kapelle befindet sich ein Übersichtsplan, auf dem alle Wege und alle Grabstätten verzeichnet sind.«

Die Augen des Joggers leuchteten vor Freude auf. Erst jetzt fiel uns etwas auf, was wir vorher nicht bemerkt hatten, als er beim ersten Mal an uns vorbei geflitzt war. Es handelte sich nicht um einen jungen Mann, wie wir zuerst vermutet hatten, sondern um einen älteren Herrn, fast schon ein jung gebliebener sportlicher Greis. Ich bewunderte seine Kondition.

»Eine Bitte hätte ich noch«, sagte der greisenhafte Jogger, »könnten Sie mich vielleicht begleiten, zu diesem Lageplan, ich habe meine Brille nicht dabei. Sie müssen wissen, ich bin extrem kurzsichtig.«

Nun gut, dachten wir uns, machen wir dem merkwürdigen Kauz das Vergnügen. Schon spurtete der Alte los, in die Richtung, die wir ihm genannt hatten; auch wir mussten in einen Trabschritt fallen, um mithalten zu können. So joggten wir zu dritt bis zu der kleinen Kapelle. Wenn mir jemand am Morgen desselben Tages gesagt hätte, dass ich einmal im Laufschritt über einen Friedhof jagen würde, mit meiner besseren Hälfte an meiner Seite, ich hätte ihn für verrückt erklärt.

Gemeinsam mit meiner Frau suchte ich auf dem Plan nach der besagten ›Adresse‹, die sich als gar nicht weit entfernt herausstellte, und beschrieb dem Mann den direkten Weg. Er bedankte sich überschwänglich.

»Eine Frage noch«, bat ich, als er sich in Bewegung setzen wollte, »warum haben Sie es denn so eilig? Wollen Sie zu einer Beerdigung?«

»Und ob, mein Freund, und ob. Zu einer Beerdigung, und ich bin dort die Hauptperson, ohne mich läuft da nichts ab.«

Schon düste er wieder los. Nun aber waren wir mehr als wissbegierig geworden über ein solch' unglaubliches Verhalten, setzten unsererseits zum Spurt an und verfolgten den Jogger. Wir kamen gerade rechtzeitig, um zu sehen, wie der Mann eine größere Gruppe von Trauergästen erreichte, die dort auf ihn zu warten schien.

»Jetzt kommst du endlich«, hörten wir vereinzelte Rufe, »das wurde aber auch Zeit.«

Der Mann murmelte halblaut eine Entschuldigung. Dann hüpfte er zu unserem Entsetzen, aber unter lautem Beifall der anwesenden Trauernden in einen bereitstehenden offenen Sarg. Bevor der Deckel über ihm geschlossen wurde, rief er uns beiden, meiner Frau und mir zu:

»Vielen Dank noch einmal, und see you later.«

Anschließend wurde der Sarg zu Grabe gelassen; hierzu intonierte die Trauergemeinde das Lied »for he's a jolly good fellow«, welches dann in der dritten Strophe umgewandelt wurde zu »for he *was* a jolly good fellow«.

Mein Weib und ich, wir blickten uns unsicher an.

›Was meinte der mit ›later‹?‹ war unser gemeinsamer Gedanke.

Gewinnmich

Sie staunten nicht schlecht, am Morgen, die Passanten der Bahnhofshalle; mitten im Eingangsbereich stand ein glanzlackiertes Auto, ein hochkarätiger Sportwagen der Luxusklasse, und auf den Nummernschildern vorne und hinten war statt der polizeikenntlichen Angaben der verführerische Aufdruck ›Gewinnmich‹ zu lesen. Um dieses Gewinnobjekt befanden sich Stehtische, bestückt mit Schreibstiften und Gewinnkarten, die man ausfüllen und in einen dafür vorgesehenen Behälter aus dunklem Glas einwerfen konnte. Es reichte jedoch nicht aus, nur Namen und Adresse auf die Karten zu schreiben, darüber hinaus musste man noch drei hochintellektuelle Fragen beantworten, in der Art wie: liegt Paris in Frankreich, ja oder nein?

Fragen, die so manch einen in Verlegenheit bringen konnten. Seitens des Veranstalters hatte man bereits Vorsorge getroffen, und so standen in der Nähe vier Herren in vornehmen Outfits bereit, die nicht nur die Aufgabe hatten, die Vorzüge des Superwagens anzupreisen, sondern auch bei Bedarf diskret Hilfe zu leisten, bei der Beantwortung der schwierigen Fragen.

Der Nachmittag war angebrochen, und das Gewinnspiel hatte bereits Erfolg zu verzeichnen, wie an dem gut gefülltem Kartenbehälter abzulesen war, als sich zwei schwarz gekleidete jüngere Männer dem Fahrzeug näherten und zielbewusst auf einen der Repräsentanten des Autohauses zusteuerten. Dieser war ein wenig überrascht, handelte es sich bei den beiden Schwarzgekleideten offensichtlich um zwei Priester, wie sich unschwer an der Kleidung erkennen ließ. Was wollten die denn mit einem solchen Auto, noch dazu mit einem, das man praktisch nicht auf dem rechten Wege erstehen konnte, sondern nur durch Zuhilfenahme des Zufalls, durch ein Gewinnspiel?

»Werter Herr«, sprach ihn auch schon einer der beiden, die sich als Kaplan R. und Kaplan S. vom Bischöflichen Generalvikariat der Nachbarstadt vorstellten, an, »wie wir unschwer bemerken, stellen Sie hier ein schönes Automobil zur Schau; nein, wahrlich, ein solch schönes Auto haben wir ja noch nie gesehen, nicht wahr, Bruder Georg?«

Der so angesprochene Bruder im Geiste nickte zustimmend.

»In der Tat, Bruder Franz, so ist es, aber wir sollten dem freundlichen Herrn auch nicht verschweigen, dass wir bisher eher beiläufig auf diese Gegenstände ausschweifenden Luxus achteten, da wir uns in der Vergangenheit doch im Wesentlichen mehr der Kontemplation hingaben, statt mit dieser Art von Nebensächlichkeiten zu beschäftigen.«

»Natürlich, Bruder Georg. Eigentlich wussten wir bis zum heutigen Tage nur, dass ein solches Auto vier Räder hat.«

»Fünf!« korrigierte der freundliche Herr, der sich vom ersten Schock, hervorgerufen durch die salbungsvolle Sprache der beiden Geistlichen, erholt hatte.

»Wie meinen Sie, bitte?« fragte Bruder Franz ungläubig.

»Ach so, ich verstehe, Sie haben das Lenkrad mitgezählt. Bruder Georg, er hat das Lenkrad mitgezählt.«

Der freundliche Herr, der eigentlich ein anderes Rad mitgezählt hatte, war verärgert, dass ihm zwei Kleriker, die nichts von Autos verstanden, auf diese Art seinen Lieblingsscherz zunichte gemacht hatten.

»Nun ja, meine Herren, wenn Sie auch nicht viel von Autos verstehen, wie Sie selbst geruhten, zu sagen«, war er bemüht, sich an die erhabene Sprache der Geistlichkeit anzupassen, »wollen Sie sich nicht ein Herz fassen, dieses prachtvolle Stück einmal näher in Augenschein zu nehmen? Dieses Auto ist sozusagen für manche der Himmel auf Erden.«

»Aber nur für manche«, riefen die Kapläne aus, unisono, »für uns nicht. Aber wir wollen Ihnen den Gefallen tun, dieses Gefährt einmal aus der Nähe zu betrachten«.

Der freundliche Herr öffnete die beiden Einstiegstüren des ›Gefährts‹ sowie die Klappe zum Kofferraum, in welchem sich der Reservereifen, das Rad seines *running gags*, befand und gab den geistlichen Herren das gesamte Fahrzeug zur Besichtigung frei, sozusagen zu einer ersten Inspektion von höherer Warte.

Inzwischen hatten seine Kollegen, von Neugier erfasst über das ungewöhnliche Interesse der beiden Priester an einer solch profanen Sache wie einem Fortbewegungsmittel auf vier Rädern, ihre Beratertätigkeit eingestellt und beobachteten mit Vergnügen, wie die hochgeistigen Herren mit fachmännischen Blicken den Wagen untersuchten; zuerst nur, obwohl die Türen einladend weit offen standen, von außen.

Dann ließen sie zur Verblüffung der vier freundlichen Herren und der umstehenden Schaulustigen, die sich mittlerweile eingefunden hatten – ein solches Spektakel gab es nicht alle Tage zu sehen – die Motorhaube öffnen, um einen Blick ›ins Herz des guten Stücks‹, wie sie sich ausdrückten, zu tun.

»Dürfen wir uns auch einmal hinein setzen?« baten sie in aller Bescheidenheit, mit fast scheu zu nennenden Blicken.

»Aber natürlich«, antwortete mit galanter Geste der erste der freundlichen Herren und zwinkerte seinen Kollegen zu, »nehmen Sie Platz, Hochwürden. Wie Sie sehen, es steckt sogar der Schlüssel. Einer von Ihnen ist doch bestimmt im Besitz eines Führerscheins, nicht wahr, oder haben Sie gar beide eine Fahrlizenz?«

»Aber nein, Gott behüte«, klang die Antwort, wiederum unisono. Alle vier freundlichen Herren lachten, und viele der Umstehenden ließen sich davon anstecken.

»Na ja, dann kann ja nichts schief gehen, dann können Sie uns ja auch nicht davonfahren«, lächelte der zweite der netten Herren, »denn sonst hätte ich beinahe gesagt, fahren Sie mit Gott, aber flott!«

Das aber hätte er aber nicht sagen sollen, der freundliche Mensch, denn im gleichen Augenblick startete Bruder Georg, der am Fahrersitz Platz genommen hatte, das PS-starke Fahrzeug und vollführte einen Kavalierstart in der Bahnhofshalle, wie man ihn von einem Autorennen her kennt, während Bruder Franz, so schien es, der auseinander stiebenden Menschenmenge aus dem Beifahrerfenster seinen Segen erteilte. Schon brauste das Auto mit lautstarkem Motorengeräusch durch die geöffneten Eingangstüren der großen Halle nach draußen, über den Bahnhofsvorplatz und ward danach nicht mehr gesehen.

Die seltsame Mutation zweier Hochwürden zu Merkwürden wurde *das* Gesprächsthema, weit über die Stadtgrenzen hinaus.

Am selben Abend saßen vier absolut nicht mehr freundliche Herren, Repräsentanten einer Autofirma für Sportwagen, in einem Vierbettzimmer eines schmucklosen Hotels; auch sie hatten eine Mutation hinter sich, vom vornehmen Luxushotel im Stadtzentrum in eine eher einer Jugendherberge ähnelnden Behausung am Stadtrand, und den Weg dahin mussten sie auf dem Schienenwege zurücklegen, da ihnen die Geschäftsleitung noch am gleichen Nachmittag ihre Dienstwagen gestrichen hatte.

»Verdammt noch mal«, fluchte einer zum wiederholten Male vor sich hin, »warum haben wir nicht auf den Chef gehört und die Reservekarre ausgestellt, die mit dem Motorschaden; hätte doch eh keiner gemerkt, ohne richtige Gewinnlose«.

Die anderen ›Repräsentanten‹ blickten ihn böse an.

»Nachher ist man immer schlauer«.

Im Hintergrund des eintönigen Raumes flimmerte der Fernseher, eine sehr populäre Suchsendung lief gerade, doch die Herren schauten gar nicht hin, da sie die Bilder schon kannten.

Auf dem Bildschirm konnte man deutlich die Phantombilder zweier schwarz gekleideter jüngerer Männer erkennen, darunter war in dicken Lettern zu lesen: *Gesucht werden...; falsche Priester als Betrüger unterwegs.*

Old Fashion

Berthold Wiesendraht rieb sich erstaunt die Augen. Soeben war er heimgekehrt, von seiner Arbeit, wie man landläufig zu sagen pflegt, vom Dienst, wie er selbst es bezeichnete, war er doch ein wenig stolz darauf, es so formulieren zu können. Er hatte die Post mitgebracht, aus dem Briefkasten, so wie er es immer tat, wenn seine Frau dieses nicht vorher besorgt hatte, und zu seiner Verwunderung fand er die Wohnung leer vor.

Erst jetzt fiel ihm wieder ein, was seine bessere Hälfte ihm am Morgen mitgeteilt hatte; dass sie an diesem Tag eine Verabredung habe, mit einer Freundin, zu einem gemeinsamen Museumsbesuch in der Altstadt und er sich keine Sorgen machen solle, wenn sie am Nachmittag noch nicht zuhause sei.

Beim flüchtigen Durchsehen der Post fand er einen an seine Frau gerichteten Brief vor, der sofort seine Aufmerksamkeit erregte. Da die Eheleute keinerlei Geheimnisse voreinander hatten, war es bei ihnen durchaus normal, dass derjenige, der die Post zuerst in Händen hielt, sie auch öffnete. Diesen an seine Gattin gerichteten Brief wollte Berthold jedoch gar nicht erst aufmachen, da auf der Vorderseite unterhalb der Anschrift bereits in breiten Lettern zu lesen war:

›*Ab sofort dürfen Sie vor Freude strahlen, da Sie Inhaberin unserer Fashion Card sind.*‹

Etwas unterhalb dieser Schrift stand in kleinerer Schrift noch der folgende Hinweis:

›*Weitere Informationen im Briefinneren.*‹

Der Absender des Briefes stellte sich als ein stadtbekanntes Modegeschäft heraus, in welchem nach seiner Kenntnis auch seine Frau ab und an einzukaufen pflegte.

›Aha‹, dachte Berthold verblüfft, ›was haben wir denn da?‹

Er wusste nicht so recht, was eine *Fashion Card* eigentlich bedeutete, und darüber hinaus war ihm erst recht nicht bekannt, dass seine Gerlinde eine solche offenkundig besaß, wurde es ihr doch vom Absender des Briefes sozusagen amtlich bestätigt. Nun doch neugierig geworden, öffnete Berthold das Briefcouvert.

Aus dem beiliegenden Anschreiben entnahm er nicht mehr mit Erstaunen, sondern fast mit Entsetzen, dass seine bessere Hälfte nicht nur Inhaberin einer *Fashion Card*, sondern sogar einer solchen Karte in Silberausführung war. Als wenn das noch nicht genug sei, erfuhr Berthold, dessen Gesichtsfarbe sich mittlerweile von einem fröhlichen Rot zu einem erschreckenden Weiß verfärbt hatte, sozusagen als Krönung des Schreibens, dass seine Frau einen weiteren sagenhaft zu nennenden Aufstieg in der Kundenhierarchie des Kaufhauses verzeichnen konnte, indem man ihr nun aufgrund ihrer bisherigen Treue sogar eine Karte in blankem Gold verleihen wolle, die so genannte *Super Fashion Gold Card!*

Direkt unterhalb der Unterschrift, welcher mehrere Doktortitel vorangestellt waren, hatte man diese Superkarte mittels einer Abziehfolie auf dem Anschreiben befestigt; weiter unten gab es unter Postskriptum den gleichen Spruch zu lesen, den Berthold bereits auf der Vorderseite des Umschlags zur Kenntnis genommen hatte:

›Ab sofort dürfen Sie vor Freude strahlen!‹

Berthold Wiesendraht strahlte nicht, stattdessen hatte es ihm fast die Sprache verschlagen. Da nahm sich doch irgendwer, den er nicht einmal kannte, die Frechheit heraus, seiner Gerlinde, die er vor mehr als einem viertel Jahrhundert geheiratet hatte, generös zu gestatten, vor Freude zu strahlen. Wenn einer das Recht hatte, so sagte er sich, eine derartige Erlaubnis auszusprechen und eine solche wohlgemeinte Aufforderung an sein Weib zu richten, dann war dieses doch wohl in erster Linie sein Recht, seine ureigene Angelegenheit, in die sich kein Dritter einzumischen hatte.

Die Tatsache, dass er in der letzten Zeit wenig Gebrauch davon gemacht hatte, da sich die Anlässe zum Freudestrahlen im Verlauf ihrer längeren Ehe nunmehr doch nicht mehr so häuften, verdrängte er ein wenig, bei diesen Betrachtungen.

Plötzlich jedoch schoss ihm siedend heiß ein übler Gedanke durch den Kopf. Konnte es möglich oder gar wahrscheinlich sein, dass der oder dieselben anonymen Übeltäter seiner Frau, da sie ja bereits eine silberne Karte besaß, schon zu früheren Zeiten erlaubt hatten, vor Freude zu strahlen?

›Unglaublich‹, erboste sich Berthold, ›wie weit Dritte gehen, um in die Intimsphäre von unbescholtenen Bürgern einzudringen‹. Voller Wut wollte er den Brief samt Goldkärtchen zerreißen und in den Mülleimer werfen, als ihn eine weitere Eingebung daran hinderte.

Wenn seine Gerlinde nun schon einmal diese verdammte silberne Lorbeerkarte besaß, deren Erhalt sie klammheimlich an ihm vorbei geschmuggelt hatte, dann konnte es durchaus möglich sein, dass sie bereits in freudiger Erwartung ihrer Beförderung zu Gold entgegensah. Wahrscheinlich gab es in ihrem unüberschaubaren Freundinnenkreis einige Damen, die ebenfalls im Silberstatus ausharrten, auch sie in goldiger Erwartung, und sie tauschten sich hierüber wohl möglich permanent ihre Erfahrungen aus. War nicht vielleicht auch die Freundin, mit der sie am heutigen Tage ein Museum aufsuchen wollte, im Besitz einer solchen Karte, und sprachen sie im Moment, statt alte Meister zu bestaunen, über nichts anderes als ihren Kartenrausch?

Frauen sind doch irgendwie anders, sagte sich Berthold, zuweilen sind sie recht nett, manchmal sogar goldig, doch im Großen und Ganzen eher merkwürdig. Nein, da musste man anders vorgehen, und daher beschloss er, seine Taktik zu ändern.

Berthold Wiesendraht war nicht auf den Kopf gefallen, und wenn er auch nicht in der Lage war, den Sinn einer Fashion Card in allen Einzelheiten zu erfassen, so ahnte er jedoch, das sich irgend etwas dahinter verbarg, was mit Kauf und Konsum zu tun hatte, ein Konsum jedenfalls, für den er gerade zu stehen hatte, mit seinem Geldbeutel. Folgerichtig schloss er daraus, dass, je höher eine solche Fashion Card in der Hierarchie angesiedelt war, umso mehr das Kaufhaus sich bemüht zeigte, mit Zusatz- und Lockangeboten den ach so treuen Kundinnen das Geld resp. das ihrer hart schuftenden Gatten aus der Tasche zu ziehen.

Nun gut, die silberne Karte, die hatte sie leider schon, die konnte er ihr nicht mehr aus den Händen reißen, so ohne weiteres, aber die heutige Postsendung musste er ihr ja nicht unbedingt auf die Nase binden, und daher entschied Berthold, die Goldkarte vorerst einmal an sich zu nehmen und sie erst herauszurücken, mit einer halb dahin gemurmelten Entschuldigung, wenn Gerlinde, durch irgendeinen Umstand misstrauisch geworden, ihn ausdrücklich danach befragt hätte.

Kurze Zeit darauf kehrte seine Frau zurück, mit dem Bus, von ihrem Museumsbesuch. Vergnügt erkundigte sich Berthold nach ihrem Tagesablauf.

»Na, wie waren die alten Meister? Habt ihr denn auch alle Bilder ausgiebig besichtigt?«

»Wie meinst du, Berthold? Ach so, jetzt verstehe ich. Wir waren im Museum für alte Geschichte, Hilde und ich, und nicht in der Galerie. Das hatte ich dir doch heute morgen ausdrücklich gesagt. Ach, Männe, du hörst immer nur halb zu.«

Berthold hörte in der Tat nur noch halb zu, denn im Grunde genommen hatte er für Museen nicht viel übrig, weder für alte Schinken, wie er zuweilen die alten Meister nannte, noch für andere Musentempel aller Art.

Etwas später klingelte es an der Wohnungstür, und dem Ton der Klingel entnahm Berthold, dass der oder die Besucher unten vor der Haustür standen.

»Ich mach schon auf«, flötete seine bessere Hälfte, »das ist bestimmt für mich.«

Voller Überraschung trat Berthold ans Fenster. Wer klingelte denn um diese Zeit, und wieso war Gerlinde so sicher, dass der Besuch ihr galt und nicht ihm? Etwa wieder eine von diesen zahllosen Freundinnen?

Als er auf die Straße hinunter blickte, traf ihn fast der Schlag. Vor dem Haus stand ein mittelgroßer Lieferwagen mit der Aufschrift genau des Modehauses, dessen goldene Karte er soeben vor seiner Frau in Sicherheit gebracht hatte, und was ihn vor Ärger erzittern ließ, war die Tatsache, dass zwei junge starke Burschen gerade damit beschäftigt waren, den Wagen zu entladen, Paket für Paket, direkt vor seiner Haustür.

»Gerlinde!« brüllte Berthold los, »Hast du den Wagen bestellt, da unten?«

»Jawohl, Schatz« flötete seine bessere Hälfte, »freust du dich mit mir?«

Schon kehrte sie mit den ersten Paketen ins Wohnzimmer zurück und strahlte nun tatsächlich so, wie es das Modehaus ihr gestattete.

»Weißt du, Schatz, ich bin schon so lange Kundin in diesem Kaufhaus, und als ich mit Hilde aus dem Museum kam, heute Mittag, da machte sie den Vorschlag, schnell mal hineinzuspringen, in das Geschäft, und stell dir vor, welche Überraschung ich dort erlebt habe. Sie haben mir die *goldene Fashion Card* ausgehändigt, das heißt, ausgehändigt ist vielleicht falsch ausgedrückt, sie sagten mir, diese Karte käme auf dem Postwege, aber da ich nun schon einmal da sei, könnte ich in diesem Fall sofort von den Vorzügen dieser Karte profitieren. Das habe ich mir nicht zweimal sagen lassen und sofort zugeschlagen. Und da ich nicht alles mit dem Bus transportieren konnte, habe ich gleich liefern lassen.«

»Du hast gleich liefern lassen?« schrie Berthold, wie von Sinnen.

»Ja, Schätzchen, das war doch auch in deinem Sinne, nicht wahr? Ach, Berthold, ist das nicht schön? Liebling, ich könnte vor Freude weinen.«

Berthold verzichtete darauf, ihr mitzuteilen, dass sie stattdessen vor Freude strahlen dürfe, ginge es nach dem Slogan des Modehauses; er selbst allerdings war weit davon entfernt, von einer solchen Gefühlsregung, und stattdessen einem Weinkrampf sehr nah. Mit letzter Kraft schleppte er sich ins eheliche Schlafgemach und sank ins Bett, bevor er noch die Rechnung der Warenlieferung in Augenschein nehmen konnte.

Behutsam zog Gerlinde ihm die Schuhe aus und deckte ihn fürsorglich zu.

»Armer Berthold, das musste ja mal so kommen, bei den vielen Überstunden in der letzten Zeit. Schlaf dich mal richtig aus.«

Leise schloss sie die Tür und eilte nach vorne, um die restlichen Pakete entgegenzunehmen, die sie alle im Wohnraum verteilte. Während ihr Mann nebenan in einen alptraumähnlichen Schlaf versank, begann sie mit ihrer privaten Modeshow.

Hierzu legte sie eine Schallplatte auf, mit ihrem Lieblingslied:

›Just an old fashioned lovesong...‹

Röntgenstrahlen

»Sind Sie schon einmal geröntgt worden, in den letzten Jahren?«

Die Frage des Arztes traf Richard K., den kleinen technischen Angestellten in der großen Verwaltung, wie ein Blitz aus heiterem Himmel. Nicht, dass er auf eine solche Frage nicht gefasst war; er musste damit rechnen, dass ihm der Orthopäde, den er wegen seiner starken Rückenschmerzen aufgesucht hatte, diese Frage stellen würde, ja müsste. Nein, es lag etwas anderes in dieser auf den ersten Blick so stinknormalen, fast banalen Frage, was ihn beschäftigte, und er kam zu der Erkenntnis, dass er zeitlebens noch nie darüber nachgedacht hatte.

Richard galt als ein Mann, der allem Wissenschaftlichen gegenüber sehr aufgeschlossen stand, als ein Mensch, der nach Höherem strebte und doch Realist genug war, zu erkennen, dass er es über seinen derzeitigen Status niemals hinausbringen würde, wenn nicht ein Wunder geschähe, doch alles in allem war er damit nicht unzufrieden.

Es beschäftigte ihn schon sehr, dass ihn etwas an der Frage des Arztes *beschäftigte*, und er beschloss, dem auf den Grund zu gehen und nach einigen Minuten angestrengten Denkens gelangte er auf dem *Grund der Erkenntnis* an. Es war das *Verb* in der Frage, dieses Zeitwort in der Form des Partizip Perfekt, dieses so genannte Mittelwort der Vergangenheit: ›geröntgt‹.

Das Verfahren, das Innerste eines menschlichen Körpers sichtbar zu machen, welches von seinem Erfinder, dem Arzt und Wissenschaftler Konrad Röntgen abgeleitet wurde, stand Pate für diesen Ausdruck. Man nannte die Methode nicht *strahlen*, *sichtbar machen* oder etwa *transparentisieren*, nein, sie hieß schlichtweg röntgen, durch die einfache Umwandlung eines Nomens in ein Verb. Was könnte einem menschlichen Wesen auf diesem Erdenrund Höheres widerfahren, dachte Richard fasziniert, als dass man seinen Namen zum Verb umwandelt, um auf diese Weise seinen wissenschaftlichen Verdiensten zu huldigen.

Nun gut, mögen Kritiker einwenden, im Bereich der Wissenschaften gibt es seit Urzeiten zahlreiche Beispiele, bei denen die Namen großer Geister direkt in Verbindung mit deren Kreationen gebracht wurden, sei es beim Platonischen Idealstaat oder den Mendelschen Gesetzen, um nur einige zu nennen.

Darüber hinaus wird noch heutzutage gegenüber anderen Geistesgrößen die Wertschätzung zum Ausdruck gebracht, indem sich deren Anhänger, vor allem auf dem Gebiet der Philosophie, nach dem Namen des jeweils verehrten Genies nennen und ein einfaches -ianer anhängen, wie beispielsweise die Hegel- oder die Kantianer.

Gottlob, schoss es Richard hierbei durch den Kopf, dass es noch keinen großen Denker mit dem Namen *Indi* gibt.

Aber gab es denn, stellte er sich erneut die Frage, etwas Vergleichbares, zumal in der deutschen Sprache, das dem Ausdruck ›*röntgen oder geröntgt*‹ gleichzusetzen wäre?

Etwa ›*geeinsteint*‹?

Nein, selbst der Name dieses großen Naturwissenschaftlers, den viele Zeitgenossen heute für den Größten aller Zeiten halten, kann eine solche Namensgebung nicht aufweisen; dafür hat er halt seine berühmte Formel.

Oder gar ›versauerbrucht‹?

Auch dieses Wortspiel konnte bei ihm keine Euphorie aufkommen lassen.

Als Richard K. am Nachmittag des nächsten Tages das Büro seines Vorgesetzten verließ, in gebückter Haltung und mit hochrotem Kopf, lief ihm der Kollege N. über den Weg.

»Na, Herr Kanzel, wieder mal abgekanzelt worden, vom Chef?«

Diese Frage traf Richard wie ein Röntgenstrahl. Zu seiner außerordentlichen Genugtuung existierte ein Verfahren, welches nach ihm, Richard Kanzel, abgeleitet und benannt worden war.

Auf einmal fühlte er sich den naturwissenschaftlichen Größen, allen voran Konrad Röntgen, ganz nah.

Wunschkonzert

»Am Telefon, liebe Hörer, begrüße ich nun Herrn Heinz Werner Münzenbach«, klang die Stimme der jungen, flotten Radiomoderatorin über den Äther, »er befindet sich mit dem Auto auf dem Weg nach Hause. Können Sie mich hören, Herr Münzenbach? Sagen Sie uns doch bitte, wo Sie gerade sind?«

Es war Freitagnachmittag, ein schöner Herbsttag mit ungewöhnlich hohen Temperaturen, für diese Jahreszeit, ein Wetter schlechthin, welches man im Volksmund mit ,Altweibersommer' zu bezeichnen pflegt. Auf den Autobahnen und Schnellstraßen des Landes herrschte, wie stets um diese Zeit reger bis teilweise zähflüssiger Verkehr mit Staus allenthalben, vielleicht sogar, obwohl die Herbstferien noch nicht begonnen hatten, ein wenig reger als an einem normalen Freitag; alles schien nach Hause zu drängen, ins Wochenende, in die ersehnte Freizeit.

»Hier spricht Heinz Werner Münzenbach, hallo Frau Regniet. Ich befinde mich im Moment auf der Autobahn C, in einem Stau, fünf Kilometer lang, stop and go, es ist zum Verzweifeln!«

»Ach, Sie Ärmster, da hat es Sie aber erwischt. Na, ja vielleicht ist das kein Trost für Sie, aber vielen Autofahrern geht's ebenso, wie wir gerade den Verkehrsnachrichten entnommen haben.«

»Dafür kann ich mir auch nichts kaufen!«

»Wie bitte?« klang die Moderatorin leicht irritiert.

»Na ja, das ist in der Tat sehr bedauerlich. Lieber Herr Münzenbach«, wechselte sie das Thema und ihre Stimmlage, »an der momentanen Verkehrslage vermögen wir auch nichts zu ändern, leider, aber was wir für Sie tun können, ist, Ihre Stimmung ein wenig aufzuheitern, indem wir Ihre Lieblingsmusik spielen. Haben Sie einen besonderen Wunsch?«

»Ja, Frau Regniet, den hätte ich. Ich wünsche mir das Lied ›Caramba, Caracho, ein Whisky‹, bitte, von diesem strohblonden Sänger, wie heißt er noch mal, na, Sie wissen schon.«

Am anderen Ende der Leitung blieb es stumm, länger als gewohnt; die junge Dame schien zu überlegen.

Nach einem kurzen Räuspern meldete sie sich wieder, es klang ein wenig verlegen.

»Hm, Herr Münzenbach, ich höre gerade, da haben wir ein Problem, mit Ihrem Musikwunsch.«

»Können Sie das Lied nicht finden?«

»Doch, doch, wir haben es hier, aber wir dürfen es nicht spielen, nach Rücksprache mit unserem Stauberater.«

»Wie bitte? Was heißt das, Sie dürfen es nicht spielen? Was für ein Stauberater?«

»Ja, wissen Sie«, druckste die ansonsten nicht auf den Mund gefallene Radiosprecherin herum, »unserem Redaktionsteam gehört seit kurzem, genauer gesagt, seit dem heutigen Tage, ein Psychologe an, ein ausgewiesener Fachmann auf dem Gebiet für Problemlösungen in schwierigen Verkehrssituationen wie beispielsweise einem Stau auf der Autobahn. Dieser Experte hat dringend davon abgeraten, in einer Lage wie dieser, in der Sie sich momentan befinden, und nicht nur Sie, lieber Herr Münzenbach, sondern zahlreiche Autofahrer ebenfalls, die unsere Sendung mit Ihnen gemeinsam hören, dieses Lied abzuspielen.«

»Na, da hört sich ja alles auf«, rief Heinz Werner Münzenbach erbost, »und warum bitte, sagen Sie mir, hält Ihr Experte es für verkehrt, dieses harmlose Lied zu spielen? Das Ganze ist doch wohl ein schlechter Witz!«

»Leider ist das kein Witz. Unser Stauberater hält es für so gefährlich, in dieser Situation, weil in diesem Lied, gleich zu Beginn schon, eine extreme Aufforderung nach Alkoholischem, nach Hochprozentigem gar, erhoben wird. Sie haben es ja mit Ihrem Musikwunsch ausdrücklich bestätigt. Caramba, Caracho, ein Whisky, nicht wahr? Bedenken Sie, Sie führen ein Kraftfahrzeug; denken Sie doch auch an die vielen Anderen am Steuer!«

Für einen Augenblick blieb es wiederum ruhig, in der Leitung. Heinz Werner hatte es einfach die Sprache verschlagen; dann jedoch hatte er seine Stimme wieder gefunden und polterte los.

»Das kann doch wohl nicht wahr sein, sie verweigern mir meinen Musikwunsch? Extreme Aufforderung nach Alkoholischem, dass ich nicht lache? Der hat wohl 'nen Knall, Ihr Spezialist. Es handelt sich doch nur um ein Lied, verdammt noch mal. Es wird doch nur gesungen und nicht getrunken. Frau Regniet, ich möchte jetzt mein Lied hören, sofort!«

»Aber Herr Münzenbach, so verstehen Sie doch«, flehte die junge Dame vom Sender, »es geht nicht. Sie haben doch gehört, unser Psychologe lässt es nicht zu, dieses Lied. Ich kann Ihnen etwas anderes anbieten, irgend etwas Unverfängliches, da hätte er bestimmt nichts dagegen, unser Stauberater.«

»Zum Teufel mit Ihrem Stauberater«, schrie Heinz Werner mit bebender Stimme, »ich möchte sofort mein Lied hören, und nichts anderes.«

Die geplagte Moderatorin war den Tränen nah. Mittlerweile war man aufmerksam geworden, in den anderen Fahrzeugen im stop and go, in der unmittelbaren Nähe des Autos von Heinz Werner Münzenbach.

Aufgrund der warmen Temperaturen waren viele Fenster heruntergekurbelt, und dabei hatten nun diese Wageninsassen, soweit sie den gleichen Rundfunksender hörten, das Vergnügen, ihn gleich zweifach zu hören; aus dem Radio sowie lautstark in seinem Auto. Schon gab es aufmunternde Zurufe.

»Recht so, Junge, lass dich nicht unterkriegen, zeig' es den Radioleuten! Wir wollen es auch hören, das Lied.«

Andere wiederum wollten nicht so lange warten und stimmten aus lauten Kehlen ein fröhliches ›Caramba, Caracho‹ an.

»Zum letzten Mal, junge Frau«, schrie Münzenbach, »spielen Sie nun das verdammte Lied oder nicht?«

»Ich kann nicht«, stammelte die Moderatorin.

Heinz Werner schaltete das Radio aus.

»Was sagst du dazu, Heino, die wollen dein Lied nicht spielen«, sagte er zu seinem Beifahrer auf dem Liegesitz.

»Macht nichts«, erwiderte der Barde, kniete sich auf den Sitz und streckte sein blondes Haupt durch die Schiebedachöffnung.

Sodann ließ er live das gewünschte Lied erschallen, über den gesamten Stau hinweg, und aus allen Wagen schallte ihm grenzenloser Jubel entgegen.

Ein ordentlicher Mann

Es gibt wahrhaftig Zeitgenossen, die behaupten, sie könnten auf Anhieb erkennen, ob es sich bei einem Mann um einen ganzen Kerl handelt oder nicht, und diese Einteilung machen sie an einer einzigen Tatsache fest und teilen die Herren der Schöpfung dementsprechend in zwei Kategorien ein; diejenigen *mit* und die *anderen.*

Diejenigen *mit,* damit meinen sie die Männer, die ständig ein Taschenmesser mit sich herumschleppen und dieses sozusagen auf Knopfdruck abrufen, bei passenden oder auch weniger günstigen Gelegenheiten, und auf der Gegenseite gibt es die *anderen*, die weder über das besagte Messer noch über die spezielle Vorliebe hierfür verfügen.

Nun mag mancher behaupten, mit einer derartigen Simplifizierung und Abklassifizierung des männlichen Geschlechtes greife man zu tief ins Klischee des Klassenunterschiedes zwischen Mann und Frau und befördere nur steinzeitlich verwurzelte Vorurteile ans Tageslicht, doch diejenigen, die fest davon überzeugt sind, dass ein Taschenmesser den ganzen Mann ausmache, stört dieses absolut nicht.

Rudolf Manher galt als ausgesprochener Taschenmessertyp, und er war stolz darauf und ließ dieses auch gleich jeden wissen, indem er bei allen Gelegenheiten, die sich ihm boten, seinen Standartsatz anbrachte – ein ordentlicher Mann hat immer ein Taschenmesser bei sich – und zur Verblüffung der Anwesenden dieses Messer sogleich aus der Tasche zog. Hierbei schaute er triumphierend in die Runde und freute sich diebisch, wenn kein anderer seiner Geschlechtsgenossen auf die gleiche Idee gekommen war.

Rudolf war sich darüber im Klaren, dass er damit Eindruck schinden konnte, besonders bei den Damen, und für die Männer, die kein Taschenmesser bei sich trugen oder schlimmer noch, ein solches nicht einmal besaßen, hatte er nur milden Spott übrig. Er sagte es natürlich nicht offen heraus, aber diese Männer waren Weicheier; solche gab es nun einmal, da hatte man sich mit abzufinden, und sie wurden mit der Zeit leider immer mehr, diese Männer, die den Beatles musikalisch näher standen, statt einer richtigen Band wie den Rolling Stones zu huldigen. Darüber hinaus schmeichelte es ihm, zu der Sorte langsam aussterbender echter Kerle zu gehören, und manchmal träumte er schon davon, einmal der letzte seiner Taschenmesserzunft zu sein und beweisen zu können, die Welt durch eine Heldentat mittels dieses nützlichen Utensils vor dem Abgrund zu bewahren.

Rudolf Manher befand sich auf dem Flug zur Baleareninsel Mallorca, mit seiner Ehefrau Gudrun. Seit vielen Jahren schon verbrachten sie ihre Urlaube auf dieser Insel, stets zur gleichen Zeit im September, dem Monat, in welchem Mallorca boomte. Die vielen Kegelclubs und ähnlichen Vereine, die laut lärmend mit ihnen reisten, störten sie nicht, im Gegenteil; Frohsinn war angesagt, und was könnte ein besserer Start in den Urlaub sein, als inmitten einer Schar fröhlicher Menschen zu verreisen.

Das Einzige, was sie wirklich irritiert hatte, waren die aufreibenden und langatmigen Kontrollen vor dem Abflug der Maschine. Jede Nagelfeile wurde gefilzt und musste ebenso wie jede noch so kleine Reiseschere am Boden bleiben. Das Schlimmste war für Rudolf jedoch, dass er sich von seinem unentbehrlichen Taschenmesser trennen musste; er hatte schlichtweg vergessen, dieses vor Antritt der Reise im Koffer zu verstauen. Er kam sich wie nackt vor, ausgesprochen nackt und unsicher; gleich nach der Landung würde er sich auf Mallorca ein neues zulegen.

Rudolf bestellte sich eine Flasche Bier, bei der netten Stewardess. Ringsum ihn herum prostete man sich zu, da wollte er nicht im Abseits bleiben. Als die nette Dame ihm das Bier brachte, stellte sie mit Bedauern fest, dass sie keinen Flaschenöffner dabei hatte.

»Das macht doch nichts, liebe Frau«, rief Rudolf und setzte sein männlichstes Lächeln auf, »lassen Sie die Flasche ruhig hier.«

Spontan sprang er von seinem Sitz auf und schmetterte der verdutzten Stewardess seinen Standartsatz von dem ordentlichen Mann, der stets ein Taschenmesser zur Hand habe, entgegen, so laut, dass es alle Passagiere in seiner Umgebung hören konnten. Instinktiv fasste er hierbei an seine rechte Hosentasche, als auch schon die Handschellen klickten. Erst jetzt fiel ihm ein, dass er sein geliebtes Instrument ja vor dem Flug abgegeben hatte, bei der Bodenkontrolle, doch es war zu spät. Angekettet an seinem Sitz verbrachte er den Rest des Fluges unter den schadenfrohen Blicken munter zechender Passagiere – es befanden sich wohl viele Weicheier darunter – und den grimmigen Augen seiner Ehefrau.

Das Wiedersehen

Mit leicht gemischten Gefühlen machte sich Heinz Rudolf auf den Weg, zu einem Treffen zur Dreißigjahresfeier seines ehemaligen Abiturjahrganges. Erst einmal hatte er teilgenommen, an einem dieser Treffen, die man im fünfjährigen Interwall begehen wollte, so hatten sie es sich seinerzeit feierlich gelobt, vor genau zwanzig Jahren, zum Zehnjährigen, und diesen Abend hatte er in nicht allzu guter Erinnerung.

Die Mehrzahl der Ehemaligen war zu diesem Zeitpunkt materiell arriviert, wie man zu sagen pflegt, hatte es nach Studium oder Ausbildung zu etwas gebracht, stand bereits mit beiden Beinen auf den Stufen der Karriereleiter, um diese in weitere und weiteste Höhen zu erklimmen.

Entsprechend verhielten sich diese Ehemaligen auch, bei den Treffs, nicht auf Anhieb zwar, doch nach dem Genuss von enthemmenden alkoholischen Getränken begannen sie, Männlein wie Weiblein, sich ihrer Fähigkeiten zu brüsten, wobei die dreistesten unter ihnen es nicht unterließen, Fotographien aus den Taschen zu ziehen, um nach dem Motto, mein Auto, mein Haus, mein Erfolg, diesen auch noch überflüssigerweise optisch zu untermalen.

Heinz Rudolf imponierte das alles keineswegs, im Gegenteil, es widerte ihn an, um ehrlich zu sein, und er war seinerzeit auch nur an diesem Abend hingegangen, um sie, Ursula, die langjährige ehemalige Klassen- und Jahrgangssprecherin, wieder zu sehen.

Ursula, sein heimlicher Schwarm, bildete schon zu Schulzeiten eine wohltuende Ausnahme gegenüber all den Strebern und Schwätzern, die damals schon großen Wert darauf legten, es zu etwas zu bringen, in der Wohlstandsgesellschaft, nicht ohne dass sie dieses auch noch jederzeit jedem bei jeder Gelegenheit auf die Nase binden würden.

Allerdings hatte Ursula seinerzeit keine Augen für ihn, oder besser gesagt, nicht die Augen, die er sich gewünscht hätte; stets freundlich, aber unverbindlich im Umgang mit allen, gab es da leider nie etwas, was ihn zu gewissen Hoffnungen berechtigte, und so trennten sich ihre Wege nach diesem Klassentreffen in der gleichen Weise, wie sie bereits zum ersten Mal nach der Abiturfeier auseinander gegangen waren.

»Mach's gut, viel Glück, bis zu nächsten Mal, man sieht und hört voneinander, wofür gibt es Telefone.«

Ursula war ebenso wie vielen anderen Ehemaligen der berufliche Erfolg beschieden. Nach Abschluss ihres Jurastudiums hatte sie einige Zeit in einer großen Kanzlei verbracht und anschließend gemeinsam mit einem Sozius, den sie später heiratete, ein eigenes Anwaltsbüro eröffnet, doch sie sprach, wenn überhaupt, eher ungern und keinesfalls in überheblicher Manier davon.

Ursula war es auch – wahrscheinlich fühlte sie sich als ehemalige Klassensprecherin dazu mehr oder weniger verpflichtet – die all diese fünfjährigen Wiedersehen organisierte, und sie hatte ihn, Heinz Rudolf zu seiner großen Überraschung vor kurzer Zeit, so Anfang August, telefonisch gebeten, dieses Mal ihre Aufgabe zu übernehmen und das demnächst anstehende Treffen anzuberaumen, da sie zur Zeit wegen eines längeren Auslandaufenthaltes nicht die Zeit und die Möglichkeit dazu habe.

»Wie hast du mich denn ausfindig gemacht?« zeigte sich Heinz Rudolf erstaunt, hatte er doch in den vergangenen Jahren mehrere beruflich bedingte Ortswechsel hinter sich gebracht, ohne seinen ehemaligen Mitschülern eine Spur zu hinterlassen.

»Oh, das war ganz einfach, Heinz Rudolf, es gibt da so eine Agentur, mit der arbeite ich schon seit längerer Zeit zusammen, auch beruflich. Diese Agentur habe ich bereits für frühere Abiturtreffen eingeschaltet, denn viele von uns, so wie du zum Beispiel, sind doch in alle Winde verstreut.«

Heinz Rudolf glaubte, einen leichten Vorwurf herauszuhören, doch er ging nicht darauf ein.

»Was ist das für eine Agentur, Ursula?«

»Die Firma trägt einen merkwürdigen Namen, du wirst lachen, sie nennt sich *Wiedersehenmachtfreude GmbH*. Ich habe sie seinerzeit im Internet gefunden, unter dieser Bezeichnung, mit den obligatorischen ›www‹ davor.«

»Wie bitte, *Wiedersehenmachtfreude*?«

Beide mussten nun doch lachen.

»Sie heißt tatsächlich so, diese Agentur, und sie hat es sich zur Aufgabe gemacht, Menschen, die sich aus den Augen verloren haben, wieder zu finden, im wahrsten Sinn des Wortes. Machen wir es doch folgendermaßen, Heinz Rudolf; ich sende dir per E-Mail die Liste mit den Adressen und Telefonnummern unserer Ehemaligen vom letzten Treffen sowie die Anschrift unseres Stammlokals zu und du setzt dich bitte mit dieser Agentur in Verbindung, lässt die Liste auf Aktualität überprüfen; anschließend schickst du die Einladungen zum nächsten Treffen für den ersten Oktober hinaus, das sind noch gut zwei Monate bis dahin.«

Heinz Rudolf versprach Ursula, in diesem Sinn zu verfahren und das Treffen zum vereinbarten Zeitpunkt zur Dreißigjahresfeier zu arrangieren. Ursula zeigte sich sehr erleichtert.

»Vielen Dank noch mal, wir sehen uns in zwei Monaten, bis bald!«

Nach Erhalt der Namensliste machte sich Heinz Rudolf unverzüglich ans Werk. Zuvor hatte er bereits im Internet Ausschau gehalten, nach dieser Agentur, und zu seiner Verblüffung festgestellt, dass dieses Unternehmen sogar in verschiedenen Städten, so auch in seinem Wohnort, über kleine örtliche Zweigstellen verfügte, die man aufsuchen konnte, um persönlich sein Anliegen vorzutragen, von Mensch zu Mensch. Merkwürdig, dachte er, dass mir diese Filiale hier bei uns noch nie aufgefallen ist.

In der Stadt brauchte er allerdings nicht lange zu suchen; mitten im Zentrum, etwas versteckt in einer Passage, die er eher selten aufsuchte, befand sich diese Zweigstelle. Mit der Liste in der Hand betrat er das kleine unscheinbare Ladenlokal, welches eher einem Büroraum glich.

»Bin ich hier richtig in der Agentur *Wiedersehenmachtfreude*?« fragte er die einzige Anwesende im Raum, eine junge Dame Mitte Zwanzig.

»Da sind Sie vollkommen richtig hier, zu welcher Abteilung möchten Sie denn gern, Abteilung A oder B?«

»Wie bitte?«

»Na ja, anders herum gefragt, was kann ich denn für Sie tun?«

Mit einigem Erstaunen nannte Heinz Rudolf ihr sein Anliegen.

»Hm, ich möchte zu einem Klassentreffen von ehemaligen Schülern einladen. Können Sie diese Liste auf Aktualität überprüfen, bitte? Mir ist gesagt worden, dass Sie so einen Service bieten.«

»Ach so, natürlich«, lachte die junge Dame, »das fällt unter die Abteilung A. Bis wann brauchen Sie die Daten?«

»Nun ja, ich will nicht drängen, aber so schnell wie möglich, bitte.«

»Reichen Ihnen zwei Tage?«

»Oh, ja«, freute sich Heinz Rudolf, »das ist gut, sehr gut. Ich komme dann in zwei Tagen persönlich vorbei«

»Okay, aber unterschreiben Sie bitte noch den Auftrag, hier!«

Voller Vergnügen begab sich Heinz Rudolf auf den Heimweg, ohne weiter über die verschiedenen Abteilungen dieser mysteriösen Agentur nachzudenken. In zwei Tagen würde er die Einladungen verschicken, und wenn ihm auch die meisten davon nichts bedeuteten, so lag ihm eine davon besonders am Herzen.

Als er die korrigierte Liste abholte, staunte er nicht schlecht; in der Tat hatte in den fünf Jahren seit dem letzten Treffen eine regelrechte Inflation der Wohnungswechsel bei den Ehemaligen eingesetzt, sodass über die Hälfte der Anschriften auf der Liste korrigiert werden mussten, seine eigene natürlich auch.

Eifrig machte er sich an die Arbeit und verschickte alle Einladungen mit der Bitte um baldige Rückantwort; dem Brief an Ursula fügte er eine zusätzliche kleine handgeschriebene Notiz hinzu: ›Ich freue mich außerordentlich und kann es kaum erwarten!‹

Ungefähr eine Stunde vor dem offiziellen Beginn der Feier, die er nun selbst zum ersten Mal komplett organisiert hatte, traf Heinz Rudolf am Abend des ersten Oktober in der alten Gaststätte unweit seines ehemaligen Schulgebäudes ein. Ein wenig nervös war er schon; wie würden die anderen reagieren, auf ihn, von dem sie ja wussten oder zumindest ahnten, dass ihm diese Treffen nicht sonderlich zusagten, und jetzt hatte ausgerechnet er selbst dazu eingeladen?

Heinz Rudolf hatte zwar im Vorfeld ein paar Anrufe erhalten, von ehemaligen Mitschülern, die ihm auf diesem Weg ihre Teilnahme bestätigen wollten und dabei ihr Erstaunen zum Ausdruck brachten, dass die Einladung zum ersten Mal nicht von der allseits beliebten Ursula sondern von ihm gekommen war; ihnen allen hatte er ohne Umschweife den Grund dafür erklärt, doch er rechnete damit, dass es beim bevorstehenden Wiedersehen doch einige hämische Kommentare gäbe.

Wenn Ursula doch bloß schnell käme!

Noch am Tag zuvor hatte er versucht, sie telefonisch zu erreichen, doch leider nur mit dem Anrufbeantworter vorlieb nehmen müssen.

›Na, ja‹, tröstete er sich mit dem Gedanken, ›ihr wird etwas dazwischen gekommen sein, auf ihrer Auslandsreise, sie wird schon noch pünktlich erscheinen, wenn auch auf dem letzten Drücker.‹

Darüber, dass Ursula ihm keine Zusage der Teilnahme hatte zukommen lassen, machte er sich keine Gedanken; sie hatte all die anderen Treffen schließlich persönlich ins Leben gerufen, und er war ja dieses Mal nur stellvertretend für sie eingesprungen, wozu bedurfte es da noch einer Bestätigung; wenn sie nicht käme, wer sollte dann noch kommen?

Ursula kam nicht, an diesem Abend, und weder Heinz Rudolf noch die Anderen konnte sich einen Reim darauf machen, warum sie fernblieb, zum ersten Mal, bei einem Klassentreffen.

Alle Anderen, die zugesagt hatten, waren erschienen, nach und nach, und alle sparten nicht mit Lob für Heinz Rudolf, einerseits, weil sie erfreut waren, ihn einmal wieder zu sehen, nach so vielen Jahren, und andererseits, weil er für Ursula die Aufgabe übernommen hatte, zur diesjährigen Jagd zu blasen, wie es ein zum Spaß neigender Ehemaliger formulierte.

Doch wo blieb Ursula, sie, die Zuverlässigkeit in Person?

War ihr etwas zugestoßen?

Schließlich tröstete man sich mit dem Hinweis, dass sie wohl im wahrsten Sinn des Wortes in der Luft hängen geblieben war, bedauerlicherweise, in irgendeinem Flieger, mit einer dicken Verspätung. Gleichwohl wurde es ein fröhlicher Abend, zwar genau so, wie Heinz Rudolf ihn vorhergesehen und vom letzten Mal in Erinnerung hatte, denn schnell waren sie beim beliebten Thema, beim Auto, beim Haus, beim Erfolg, doch diesmal hatte er vorgesorgt; mit ein paar schnell hinunter gekippten Gläsern Hochprozentigem ließ sich auch das einigermaßen ertragen.

In den frühen Morgenstunden erst verabschiedete Heinz Rudolf den letzten der Ehemaligen; als Gastgeber und Veranstalter hatte er die Pflicht dazu, das war er Ulla schuldig. Bei dem Gedanken an sie wurde ihm ein wenig ungemütlich; ›ich werde sie morgen aufspüren‹, beschloss er mit leicht vernebeltem Sinn und bewegte sich schwankenden Schrittes auf ein Taxi zu, welches ihn ins Hotel bringen sollte.

Der nächste Tag war ein Sonntag und wenig geeignet dazu, Ursula aufzuspüren, vor allem jedoch, weil er aufgrund der vorangegangenen hochprozentigen Getränke nicht in der Lage war, überhaupt einen Telefonhörer in die Hand zu nehmen. ›Was soll's‹, dachte er sich, ›morgen ist auch noch ein Tag‹, und mit einem langsam sich abschwächenden Kater trat er am späten Nachmittag per Zug die Rückreise zu seinem Wohnort an. Am nächsten Tag jedoch telefonierte er sich sozusagen die Finger wund.

Der erste Anruf galt natürlich Ursula, doch wiederum hatte er nur den dummen Anrufbeantworter an der Strippe. Sodann rief er reihum alle Teilnehmer des feuchtfröhlichen Treffens an, wobei ihm manch eine Stimme noch jetzt reichlich verkatert klang; keiner hatte jedoch irgend etwas von Ursulas Verbleib gehört. Nun aber war es Heinz Rudolf nicht mehr geheuer und die ganze Sache schien eine bedrohliche Wendung zu nehmen. Sollte er die Polizei einschalten?

Im gleichen Augenblick fiel ihm die Agentur ein; dieses Unternehmen, welches sich freudige Wiedersehen auf die Fahne geschrieben hatte. Heinz Rudolf wählte die Nummer. Er erkannte sie sofort an der Stimme, die junge Angestellte, von seinem ersten Besuch. Als er ihr sein Anliegen erklärte und wissen wollte, ob sich Ursula eventuell bei der Agentur gemeldet habe oder ob man dort sonst etwas über den Verbleib von ihr wisse, bat die junge Dame ihn, doch einmal kurz hereinzuschauen, in die Geschäftsstelle, so am Telefon ließe sich das nicht so einfach erklären.

›Nanu, warum so förmlich?‹ dachte er sich und beeilte sich, in die Innenstadt zu gelangen. Als er das Büro betrat, hieß ihn die Dame freundlich willkommen:

»Da sind Sie ja schon. Nachdem Sie beim letzten Mal ja bereits mit der Abteilung A unseres Hauses Bekanntschaft gemacht haben, darf ich Sie nunmehr heute in der Abteilung B begrüßen.«

Heinz Rudolf wollte nicht so recht einsehen, warum ihm nun eine andere Abteilung die sehnlichst gewünschten Auskünfte über seine Exschulfreundin erteilen sollte, er wunderte sich nur darüber, dass es in einem so kleinen Büro sogar zwei Abteilungen gab, die von ein und derselben Person bearbeitet wurden.

Die Dame lächelte freundlich und klärte ihn auf.

»Ja, sehen Sie, wir nennen uns in der Tat die *Wiedersehenmachtfreude GmbH* und in dieser Eigenschaft konnten wir Ihnen ja bei Ihrem ersten Auftrag vor zwei Monaten behilflich sein, nicht wahr?«

Heinz Rudolf nickte, verstand allerdings nichts.

»Ja, ja, das war in Ordnung, aber ich verstehe nicht recht...«

»Warten Sie, ich erkläre es Ihnen. Sehr viele unserer Kunden verspüren den gleichen Wunsch wie Sie, alte

Freunde und Bekannte aufzuspüren, die man aus den Augen verloren hat, um ein freudiges Wiedersehen zu begehen. Sehr viele, wie gesagt, aber nicht alle. Es gibt auch Kunden in unserer Datei, die kommen zu uns, weil sie das Gegenteil wollen, verstehen Sie?«

Heinz Rudolf verstand nun gar nichts mehr.

»Das Gegenteil? Was meinen Sie denn damit? Wollen diese Kunden denn ein Wiedersehen veranstalten, mit Ihrer Hilfe, und sich dann nicht freuen? Etwa in Tränen ausbrechen, vor Wut?«

»Sie wollen sich *gar nicht* wieder sehen, mein Herr.«

»Sie wollen sich *gar nicht* wieder sehen? Ja, warum in aller Welt helfen Sie denen denn dann zuerst, sich zusammen zu finden, diesen Menschen?«

»Das tun wir ja nicht, im Gegenteil. Diese Kunden kommen zu uns mit dem klaren Auftrag, dass wir ihnen gewisse Personen, die nach ihnen suchen, vom Leibe halten. Es ist sozusagen die Umkehrung unseres Geschäftsmottos, aber mit einem solchen Slogan können wir natürlich keine Werbung betreiben, wir bieten diesen Service nur zusätzlich an.«

Langsam dämmerte es Heinz Rudolf.

»Sie bieten also, wenn ich es recht verstehe, in Ihrer Abteilung B den Kunden an, die Wert darauf legen, von anderen Kunden Ihrer Abteilung A nicht gefunden zu werden, ihnen diese Leute vom Leibe zu halten, nicht wahr?«

»Genau so ist es, Sie haben es erfasst.«

Heinz Rudolf strahlte über das ganze Gesicht.

»Sie sagten vorhin am Telefon, dass sie mir auf telefonischem Weg keine Auskunft geben konnten. Haben Sie eine Nachricht von Ursula, meiner Exschulfreundin?

»Aber natürlich«, strahlte die junge Frau zurück, »bitte sehr, eine kleine schriftliche Nachricht, aber nur für Sie persönlich, für niemand anderen. Sie wissen ja, unsere Abteilungen arbeiten gewissenhaft.«

Heinz Rudolf nahm Ursulas Nachricht zur Hand.

»Lieber Heinz Rudolf,

bitte entschuldige mein Fernbleiben vom letzten Treffen, aber ich konnte nicht anders, ich hatte einfach die Schnauze voll von unseren aufgeblähten arroganten Ehemaligen. Du warst ja die letzten Jahre nicht dabei, sei froh, denn von mal zu mal wurde es schlimmer, mit diesen Angebern. Bitte verzeih', dass ich Dich, ausgerechnet Dich, gebeten habe, dieses Treffen zu arrangieren, aber ich wusste, dass Du genauso fühlst wie ich, und ich hätte niemanden von diesen aufgeblasenen Typen darum gebeten. Ich würde mich sehr freuen, wenn Du kurzfristig Kontakt mit mir aufnehmen könntest, ich freue mich riesig auf ein Wiedersehen mit Dir,

Deine Ursula.«

Etwas unterhalb las er ein kleines Postskriptum: *»Ich bin seit drei Monaten glücklich geschieden.«*

Wie auf Wolken trat Heinz Rudolf den Heimweg an. Diese Agentur, vor allem die Abteilung B, würde er bestimmt noch einmal in Anspruch nehmen.

Musikalitäten

So hatte er es sich nicht vorgestellt, Hans Nonnel, der Inhaber des großen Musikalitätenladens im Zentrum der regionalen Großstadt. Seit einem halben Jahr nun hatte er dieses Geschäft für Musikinstrumente aller Art, Notenmaterial und Zubehör angemietet, und der anfängliche Optimismus war längst verflogen. Hatte er sich zur Eröffnung noch große Hoffnungen gemacht in Erwartung größerer Umsätze – die Stadt verfügte über einen in der gesamten Region bekannten Ruf, was die Vielseitigkeit der Musik anbelangte und es existierte dort neben einer eigenen Philharmonie sogar eine so genannte All-Star-Band aus dem Bereich der Rockmusik – so musste er doch nach einigen Wochen bereits feststellen, dass diese Branche zur Zeit wohl mehr vom Schein geprägt war, als das wahre Sein der Musikszene widerzuspiegeln. Sein oder Nichtsein, das war für ihn in der Tat die Frage, denn wenn es in Zukunft so weiterginge, mit dem Verkauf oder eher Nichtverkauf, dann musste er wohl über kurz oder lang sein Geschäft schließen.

Wenn Hans des Abends in seine Kasse schaute und feststellte, dass sich außer dem Wechselgeld kaum ein müder Euro dahinein verirrt hatte, dachte er mit Bitterkeit: ›Außer Spesen nichts gewesen; wofür stehe ich hier den ganzen Tag herum?‹

Dabei hatte es zu Anfang gar nicht danach ausgesehen, dass es einmal so kommen würde, denn sein Ladenlokal war stets gerammelt voll von musikbegeisterten Personen, nur hatte diese Sache einen Nachteil; sie kauften nichts bei ihm, die Leute, oder so gut wie nichts.

Diese so genannten Musikliebhaber – vielleicht waren ja wirklich welche darunter – zogen es vor, sich stundenlang in seinem Geschäftslokal aufzuhalten, zum fachsimpeln, und dann und wann griff einer sogar einmal zur Gitarre oder setze sich ans Klavier, um ein paar Töne kundzutun, doch ihre Instrumente, die kauften sie, wenn sie es überhaupt taten, anderweitig. Ab und an hatte Hans das Glück, ein paar Gitarrensaiten oder anderes Zubehör an den Mann zu bringen, aber was den Verkauf der im Laden gut sortierten Instrumente betraf, da tat sich kaum etwas.

Es war wieder einmal soweit. Mit tiefer Enttäuschung leerte Hans Nonnel nach Geschäftsschluss seine Kasse und prüfte die Tageseinnahmen, insoweit man überhaupt von solchen sprechen konnte; sodann schickte er sich an, das Lokal zu schließen und den Heimweg anzutreten. Bevor er jedoch den Geschäftsraum verließ, hielt er einen Augenblick inne, nahm mit einem tiefen Seufzer eine elektrische Gitarre aus einem Ständer und schaltete den zugehörigen Verstärker ein, um noch ein paar Takte zu klimpern und sich ein wenig den Frust vom Leibe zu spielen.

Wie zufällig fiel ihm hierbei der Song ›Help‹ von den Beatles ein, als er plötzlich von der Gitarre aufblickte und ihm hierbei fast der Atem stockte. An der Wand im Hintergrund des Ladens, an der er seinerzeit zur Eröffnung das berühmte Foto namens Abbey-Road mit den legendären Beatles aufgehängt hatte, auf welchem diese nacheinander einen Zebrastreifen überqueren, schien sich etwas zu bewegen, und in der Tat, als er genauer hinblickte, nahm er mit Entsetzen wahr, dass alle vier Beatles ihre Köpfe zu ihm gewandt hatten und ihn direkt anblickten, mitten ins Gesicht, mit teilnahmsvoller Miene.

Wenn Hans nicht vorher die Gitarre um die Schulter gelegt hätte, wäre sie ihm nun aus der Hand gefallen, als kein Geringerer als John Lennon, der verstorbene ehemalige Kopf der weltberühmten Gruppe, ihn nun anredete, wie einen guten Freund.

»Hey, old friend, great fan, was guckst du so traurig? Können wir dir helfen?«

Ein guter Freund, ein ›old friend‹, wie ihn der Exober-Beatle nannte, war Hans Nonnel in der Tat, denn von Anbeginn hatte er diese Band verehrt, war mit ihnen gleichsam groß geworden, da er ungefähr das gleiche Alter wie John Lennon besaß, und zeit seines bisherigen Lebens interessierte er sich privat für keine andere Musik als die der Beatles. Aus diesem Grund hatte er sich in den Anfängen alle Schallplatten, später die CD's und DVD's der berühmten Beatband zugelegt. Eine wahre Nibelungentreue, man konnte es nicht anders nennen, und offensichtlich war der große John darüber informiert. Nicht nur dieser, auch die anderen ehemaligen Mitglieder der Beatles schienen dieses zu wissen, denn sie sprachen ihn nun ebenfalls an, indem sie ihm Mut machten.

»Nicht den Kopf hängen lassen«, sagte der ehemalige Sologitarrist George Harrison, der ebenfalls schon seit längerer Zeit das Zeitliche gesegnet hatte, »wir wissen, dass du ein großer Fan unserer Musik warst und es immer noch bist, und wir werden dir helfen.«

»Ihr wollt mir helfen?« stammelte Hans, »aber ihr seid doch schon lange...«

»Tot, willst du sagen«, lächelte George, »indeed, we are dead, since a long time; aber das macht nichts. Wir können dir auch von hier, aus dem absoluten Off heraus, zur Seite stehen. Außerdem sind da noch Paul und Ringo; sie stehen noch auf der anderen Seite des Flusses, wie du weißt«, spielte er augenzwinkernd auf die ehemaligen Bandmitglieder an. Paul und Ringo machten eine kleine Verbeugung vor Hans Nonnel, zum Zeichen des Einverständnisses.

»Und wie wollt ihr mir helfen, Jungs?«

Langsam gewann er wieder seine Fassung.

»Das lass mal unsere Sorge sein, boy«, rief John Lennon, »du wirst schon sehen. Bis morgen!«

Mit diesen Worten des Abschieds drehten die vier einstigen Beatles ihre Köpfe wieder zurück und nahmen exakt die Haltung ein, die man von dem berühmten Abbey-Road Poster her gewohnt war. Ein wenig irritiert stellte Hans die Gitarre zurück und schaltete den Verstärker aus; mit einem Gefühl aufkeimender Hoffnung schloss er seinen Laden ab und machte sich auf den Heimweg.

Am nächsten Morgen, einem Samstag, füllte sich das Lokal schneller als an den übrigen Wochentagen; kein Wunder, sie hatten alle frei, und was lag da nicht näher, als sich ein paar Stunden in einem solchen Geschäft aufzuhalten, bei guter Musik und angenehmen Plaudereien. Zum Vormittag gegen elf Uhr war der Laden fast voll, was man von der Kasse leider nicht behaupten konnte.

Ein junger Mann mit blonden Locken rockte mit einer wertvollen elektrischen Gitarre herum und geriet dabei fast in Ekstase, während ihm die meisten der Nichtkäufer dabei zusahen und -hörten. Der Mann spielte mit dem Rücken zur hinteren Ladenwand und freute sich über das Interesse seiner Fangemeinde, als er plötzlich von Entsetzensschreien unterbrochen wurde.

»Da! Da!« wiesen mehrere ausgestreckte Hände auf die Wand hinter ihm, genauer gesagt, auf das Poster mit den ehemaligen Beatles. Der Mann an der Gitarre drehte sich um und erbleichte vor Schreck.

George Harrison, der ehemalige Sologitarrist, war in voller Größe aus dem Poster herausgetreten und machte Anstalten, ihm das Instrument aus der Hand zu nehmen. Widerstandslos und unfähig, zu reagieren oder etwas zu sagen, überließ der junge Mann dem verblichenen Altrocker die Gitarre.

»Was spielst du denn für einen Mist?« herrschte George den Unglücklichen an, »ich zeige dir mal, wie man es richtig macht.«

Während die anderen Ex-Beatles nun das gesamte vor Entsetzen erstarrte Publikum mit vorwurfsvollen Blicken musterten, begann George wie entfesselt zu spielen; Melodien, Töne und Akkorde von einem anderen Planeten, und gewissermaßen war er ja da schon seit einigen Jahren zu Hause. Die Leute im Ladenlokal wagten kaum zu atmen, alle schauten unverwandt im Wechsel auf den entfesselten Harrison wie auch auf die anderen drohend dreinblickenden restlichen Mitglieder der ehemaligen Rockband number one. Als George sein exzellentes Spiel beendet hatte, brüllte er nun die anderen Personen, die Rumsteher und Zeitstehler, wie er sie nannte, an.

»Und ihr, Leute, was steht ihr hier rum? Los, an die Gitarren, ihr Knilche, ich werd' euch mal die richtigen Töne beibringen!«

Vorsichtig griffen die ersten Wagemutigen zu den Instrumenten und ließen sich von keinem Geringeren als George Harrison, einem der ehemals besten Sologitarristen des gesamten Erdkreises, Tricks und Griffe an diesem Saiteninstrument zeigen; eine Lehrstunde vom Meister aus dem Jenseits, von der sie noch ihren Urenkeln berichten würden. Zum Abschluss signierte der große George jedem einzelnen seiner ›Schüler‹ die Gitarre und nahm ihnen allen das Versprechen ab, diese sofort zu einem leicht überhöhten Vorzugspreis bei Hans zu erwerben; schließlich hatten diese Instrumente ja durch sein Signum die höheren Weihen erhalten.

Das taten diese ersten Glücklichen gern, und es klingelte in der Kasse von Hans Nonnel, wie es zuvor noch nie der Fall gewesen war, und berauscht eilten sie mit ihren neu erworbenen Instrumenten, die sie immer wieder liebkosten, nach Hause, um ihren Lieben daheim zu berichten, von dem unglaublichen Vorfall, und ihnen etwas zu Gehör zu bringen, auf ihren von Meisterhand signierten Gitarren. Nacheinander traten nun auch die anderen drei Beatles aus dem Rahmen, und die gleiche Zeremonie wiederholte sich nun an den Bassgitarren unter der Anleitung von Paul McCartney sowie an den Schlagzeugen, die von Ringo Starr betreut wurden, bis schließlich John Lennon sich an's Piano setzte und sein unvergessliches *Imagine* schmetterte und die Leute aufforderte, mitzuspielen.

Nach gut vier Stunden waren auf diese Weise alle Instrumente und vieles andere mehr ausverkauft, und Hans musste sogar zahlreiche Neubestellungen aufnehmen und etliche der Herumsteher, die nun endlich ernsthafte Kunden geworden waren, auf einen späteren Zeitpunkt vertrösten. Als er am Nachmittag seine Kasse prüfte, stellte er zu seiner großen Freude fest, dass die Verkäufe dieses einen Tages mehr an Einnahmen eingebracht hatten als in der gesamten Zeit seit Eröffnung seines Geschäftes. Die vier einstigen Beatles jedoch waren bereits ohne Murren wieder in's Poster zurückgekehrt, und sie verharrten in der gleichen Position, wie sie es normalerweise zu tun pflegen, auf diesem Foto.

Am kommenden Montag sowie an den folgenden Tagen standen bereits in den frühen Morgenstunden weit vor Öffnung des Geschäftes zahlreiche musikbegeisterte Menschen in einer langen Warteschlange vor der Ladentür, denn es hatte sich bereits wie ein Lauffeuer herum gesprochen, dass hier die ehemaligen Beatles höchstpersönlich Musikunterricht erteilten.

Das taten diese zwar nicht mehr, in der Folgezeit, zum Bedauern der von nah und fern herbei gereisten begeisterten Fans der Rockmusik. Gleichwohl nahm der Kundenandrang nicht ab, und Hans kam mit seinen Bestellungen kaum mehr nach, denn alle hofften insgeheim doch noch auf eine Rückkehr der Fab Four; niemand wollte natürlich diesen Zeitpunkt verpassen und keiner seiner Kunden wagte es, das Geschäft zu verlassen, ohne einen größeren Kauf getätigt zu haben.

Ein jedes Mal, wenn Hans nach Feierabend in seine Kasse schaut, dankt er dem Herrgott auf Knien, dass er von Jugend an nie eine Platte von den *Stones* gekauft hatte.

Befremdend

»Schau mal, da ist ja eine Postfiliale, Monika«, rief Erwin Federlot seiner Frau zu, »da gibt es Briefmarken und bestimmt auch Ansichtskarten.«
Seit kurzem befanden sie sich auf Urlaubsreise, in dieser Gegend, die sie bisher noch nicht kennen gelernt hatten. Das Wetter spielte zu ihrem Missvergnügen leider nicht so mit in diesen ersten Tagen, wie sie es sich vorgestellt hatten; statt Sonnenschein bei warmen Temperaturen hatte eine so genannte Schafskälte, begleitet von saftigen Regengüssen, das Land heimgesucht.

Wegen dieser erbärmlichen Wetterlage hatten sie es vorgezogen, die nähere Umgebung mit dem Auto zu erkunden, statt frohgemut durch Felder und Wälder zu streifen. In der Hauptsache waren es kleinere und mittelgroße Städte, die sie besuchten, gab es doch hier zahlreiche Möglichkeiten, schnell irgendwo einzukehren und Schutz zu finden, bei überraschenden Regenschauern, bessere Möglichkeiten jedenfalls, als diese Wald oder Wiese geboten hätten.

Aufgrund des miserablen Wetters hatten die Federlots darüber hinaus auch etwas unternommen, was sie im Allgemeinen erst dann durchzuführen pflegten, wenn die Ferien sich dem Ende zuneigten, nämlich das Schreiben von Ansichtskarten an die lieben Daheimgebliebenen auf ihren Balkonen und Terrassen.

Genau genommen übernahm, wie in unzähligen Ehen und Partnerschaften so üblich, Frau Federlot diese Aufgabe, denn ihr Erwin war zwar ein Mann, wie er im

Buche stand, der jedoch darüber hinaus mit Buch und Schreibfeder wenig am Hut hatte. Die ersten Karten hatte sie bereits geschrieben, die gute Frau, und nun war sie mit ihrem Mann auf der Suche nach den unvermeidlichen Briefmarken, und wenn möglich, nach weiteren Ansichtskarten, denn es gab viele Freunde und Verwandte daheim auf den Balkonen.

Voller Freude betrat Erwin Federlot mit seiner Gemahlin die Postfiliale. Das, was sie sich unter einer solchen Filiale vorstellten, eine kleine Nebenstelle, mit Schaltern und Stehpulten zur Abwicklung des ursprünglichen Geschäftes der Post, der Beförderung von Briefen und Paketen, ließ sich auf Anhieb nicht entdecken. Stattdessen fanden sie eine Art Gemischtwarenladen vor, wie man einen solchen von orientalischen Großstädten her kannte.

Die winzige Fläche des Raumes war voll gestellt mit Schreibwaren, Kleidungsstücken und sogar Haushaltswaren. Einen Schalter gab es zwar auch, im Hintergrund, sehr gut getarnt zwischen einigen Kleiderständern, doch ihrer Meinung nach konnte ein derartig kleiner Schalter kaum geeignet sein, den üblichen Geschäftsverkehr einer Poststelle zu bewältigen.

Nichtsdestoweniger zeigten sich die Eheleute Federlot zwar überrascht, aber nicht enttäuscht, sondern eher angetan, und Frau Federlot vergaß direkt die Briefmarken, die sie eigentlich brauchte, und stürmte zielstrebig auf einen der Kleiderständer zu, während ihr Mann zu seiner Freude entdeckt hatte, dass er in dieser ›Postfiliale‹ sogar die Prepaid-Karte seines Mobiltelefons nachladen lassen konnte.

»Das kann man hier auch, Mutti«, staunte er, »damit hätte ich nicht gerechnet!«

Mutti hörte schon gar nicht mehr hin, zu sehr war sie bereits mit dem Durchwühlen der Kleiderständer beschäftigt.

Während Erwin sich an dem winzigen Schalter hoch vergnügt die Handykarte aufladen ließ, von einer reizenden jungen Postangestellten oder besser gesagt, Gemischtwarenhändlerin, stürmte plötzlich seine Frau mit triumphierendem Blick auf ihn zu, in drohender Haltung, einen dunklen Herrenpullover über dem Arm.

»Guck mal, Papa, was ich hier habe!«

Papa errötete.

Einerseits, weil er den Blick seiner besseren Hälfte nur zu gut kannte und dieser nichts Gutes zu verheißen schien, und zum anderen, da er es nicht gut fand, in Gegenwart der elfenartigen netten Dame, mit der er gerade beim Aufladen des Handys in einen vergnüglichen Plausch getreten war, mit Papa angesprochen zu werden. Zu seinem Leidwesen geschah jedoch genau das, was er befürchtet hatte.

»Probier mal an, der müsste passen«, befahl Frau Federlot ihrem Mann mit strenger Miene.

Erwin protestierte leicht.

»Aber Monika, doch nicht hier in der Post. Ich zieh doch in der Post keinen Pullover an. Außerdem gibt es hier ja nicht mal eine Kabine.«

»Dafür brauchst du keine Kabine, du sollst ihn ja nur überziehen. Schau dir mal den Preis an!«

Erwin blickte auf das Preisschild.

Drei Euro. Donnerwetter, für einen Strickpullover. Wohl oder übel streifte er mit grimmigem Gesichtsausdruck das Kleidungsstück über. Musste das sein, in Gegenwart einer so entzückenden jungen Dame; gern hätte Erwin mit ihr noch über das eine oder das andere geplaudert, statt den dämlichen Pullover anzuprobieren, doch auf der anderen Seite, bei einem Preis von drei Euro war weiterer Widerstand völlig zwecklos.

Darüber hinaus verhielt es sich bei ihm genau so wie bei vielen anderen seit Urzeiten verheirateten Männern, in Modefragen war er nicht gerade kompetent; eigentlich hatte er, was Kleidungsfragen betraf, gar nichts zu melden, er musste seine Frau schon zu Rate ziehen, wenn er neue Taschentücher brauchte.

Der Pullover passte wie angegossen. Frau Federlot zeigte sich erleichtert.

»Ich hatte schon gedacht, dass sich dein Bäuchlein nicht darunter verstecken lässt«, wies sie vorwurfsvoll auf die ansehnliche halbmondförmige Rundung oberhalb Erwins Gürtellinie hin, »Gott sei Dank, Glück gehabt, außerdem, schwarz macht schlank. Den nehmen wir. Behalt ihn gleich an, ich habe das Preisschild schon abgemacht.«

Erwin Federlot war auch erleichtert, musste er doch nicht mehr, wie bei solchen Gelegenheiten üblich, weitere zwanzig Pullover über sich ergehen lassen.

Seine Frau drückte ihm den Bon in die Hand, und Erwin begab sich zur Kasse, um zu zahlen. Ein wenig wunderte er sich, dass sein Weib, obwohl sie alle Kleiderständer von unten bis oben durchgekämmt hatte, offensichtlich für sich selbst nichts Passendes finden konnte, aber er hütete sich sehr wohl, ein Wort darüber zu verlieren, da er befürchtete, sie mit einer derartigen Bemerkung womöglich erst richtig auf den Geschmack zu bringen, und er hatte nicht die Absicht, den halben Tag in dem kleinen Laden zu verbringen.

Im Auto erst fiel beiden auf, dass sie die Briefmarken wie auch die Ansichtskarten vergessen hatten, in der Post.

»Macht nichts, Erwin, die können wir woanders noch besorgen, dafür hast du jetzt einen schönen Pullover, ein richtiges Schnäppchen.«

Ihrem Mann war es auch egal, dass sie keine Briefmarken hatten, war es doch die ureigenste Sache seiner Frau, dass die Ansichtskarten nicht nur geschrieben, sondern auch verschickt wurden. Wenn es nach ihm gegangen wäre, hätte er sie gar nicht erst in den Postkarten geworfen, sondern alle zu Hause bei den Lieben daheim persönlich abgegeben. Ihn beschäftigte eine ganz andere Frage.

»Du, Monika, sag mal, wie kommt das denn, dass der Pullover so billig war? Drei Euro. Das sind ja Preise wie vor fünfzig Jahren. Ich kenn mich ja nicht so aus, mit diesen Dingen, doch ich kann gar nicht glauben, dass jemand so einen Pullover für diesen Preis herstellen kann.«

»Du, Schatz«, entgegnete seine Frau vorsichtig, »ich muss dir ein Geständnis machen.«

Erwin blickte seine Frau auf dem Beifahrersitz misstrauisch an.

»Ein Geständnis? Was willst du denn gestehen? Dass du etwas vergessen hast, in diesem Laden, ein Kleidungsstück für dich, und wir da noch mal hinmüssen? Haha, aber nicht mit Erwin Federlot!«

»Nein, nein, das nicht, Erwin, das nicht; nur, der Pullover«, druckste die Frau, ein wenig verlegen, »ich meine, dein neuer Pullover, den du da anhast...«

»Was ist mit dem Pullover, Monika, ist was nicht in Ordnung, ist er falsch gestrickt?«

»Schatz, Erwin, dein neuer Pullover ist gar nicht neu.«

»Was sagst du? Nicht neu, Monika, was soll das heißen?«

»Na ja, er ist gebraucht. Das war ein Secondhandshop, das hast du wohl übersehen, Schatz?«

Erwin Federlot trat voll in die Bremse.

»Ein Secondhandshop«, schrie er auf, und riss sich, kaum, dass der Wagen zum Stehen gekommen war, den nicht mehr ganz neuen Pullover vom Leib.

»Ein Secondhandshop, sagst du, und du wusstest das und hast mir nichts davon gesagt. Du weißt doch genau, dass ich nie, niemals gebrauchte Klamotten tragen würde. Du weißt es genau, und auch warum. Nicht aus Arroganz, sondern aus Angst.«

»Aus Angst, Erwin? Nun mach aber mal 'nen Punkt.«

»Glaub' mir, Schatz, aus Angst. Ich habe persönlich nichts gegen den Kauf gebrauchter Kleidung, doch mögen andere damit glücklich werden, für mich ist das nichts, für mich bedeutet das ein erhebliches psychologisches Problem.«

»Erwin, ich verstehe dich nicht. Es ist doch nur ein Pullover!«

»Das verstehst du wirklich nicht, mein Schatz, das ist auch nicht einfach zu verstehen. Das hat nichts mit der Art des Kleidungsstücks zu tun, sei es ein Pullover oder eine Unterhose oder sonst etwas. Es ist das Befremdliche, das Bedrohliche, das von diesen gebrauchten Textilien ausgeht und mir schlichtweg Angst macht.«

»Das Befremdliche, das Bedrohliche? Erwin, wovon sprichst du, ich komm da nicht mehr mit.«

»Ja, wie soll ich es dir erklären, Monika. Wenn es nur so einfach der Pullover wäre, obwohl, ich will nicht leugnen, dass ein neues oder wie in diesem Fall ein neues gebrauchtes Stück einem sensiblen Menschen durchaus zusetzen kann. Ich erinnere dich nur an den Inspektor Columbo, den mit dem Knautschmantel aus der Fernsehserie. In einer Folge hatte seine Frau ihm einen neuen Trenchcoat aufgezwängt, stell dir vor, Monika, der Mann hätte beinah den Fall nicht gelöst, so weit kann eine psychologische Beeinflussung gehen. Zum Glück wurde ihm der neue Mantel noch rechtzeitig geklaut.«

»Du bist nicht Inspektor Columbo, Erwin!«,

»Da hast du Recht, Schatz, bei mir geht es noch viel tiefer. Dieser gebrauchte Pullover, das ist für mich so, als hätte man mir ein fremdes Organ eingepflanzt, verstehst du, ein Organ eines anderen Menschen, von dem ich absolut nicht weiß, wie er war, was er gedacht und gefühlt hat, welche Partei er gewählt hat – war er vielleicht sogar Wechselwähler – und wie er sonst so gelebt hat. Nein, Monika, mit diesem Pullover kann ich nicht leben.«

Erwins Frau hatte die Faxen dicke.

»Mensch, Erwin, das ist doch nur ein Pullover, verdammt noch mal. Mach doch keine Weltanschauung daraus. Es ist doch scheißegal, welche Partei der Vorbesitzer gewählt hat. Das Ding hat drei Euro gekostet und ist in einem vernünftigen Zustand. Du ziehst den Pullover jetzt an, keine Widerrede!«

Die resolute Frau hatte sich durchgesetzt, ihre Argumente waren irgendwie stichhaltig, musste Erwin zugeben, und für drei Euro war es letztendlich wohl egal, was für ein Mensch der Vorbesitzer war.

In der Nacht hatte Erwin einen furchtbaren Traum. Er lag auf dem Operationstisch und wurde am offenen Herzen operiert, bei vollem Bewusstsein. Plötzlich sah er, wie einer der Ärzte ihm das komplette Herz aus der Brust herausnahm und vor Augen hielt.

»Das brauchen Sie jetzt nicht mehr.«

Sodann bemerkte er zu seinem namenlosen Entsetzen, wie ein anderer Arzt einen Pullover in der Hand hielt, und sich die Ärzte daran machten, diesen Pullover an die Stelle zu pflanzen, an der sie sein Herz entfernt hatten.

Mit einem Angstschrei wachte er auf und fasste sich sofort an die linke Brust. Das Herz klopfte wie rasend, eine Tatsache, die ihn wieder etwas beruhigte.

»Erwin, Schatz, was ist denn los? Hast du schlecht geträumt?«

»Nichts, Monika, ist schon gut. Schlaf ruhig weiter.«

Was sollte er ihr auch sagen, der Ärmste, sie hätte ihn ohnehin nicht ernst genommen und obendrein noch ausgelacht. In den restlichen Stunden tat Erwin kein Auge mehr zu. Irgend etwas musste geschehen, in Kürze, so konnte es nicht weitergehen. Eine schnelle Lösung war erforderlich, denn einen weiteren solchen Alptraum, so fürchtete er, würde er nicht überleben.

Am nächsten Tag unternahmen sie einen weiteren Ausflug mit dem Auto. Das Wetter hatte sich etwas gebessert, es regnete nicht mehr, aber es war noch recht kühl, zu kühl für diese Jahreszeit, und Erwin hatte, ohne zu murren, seinen ›neuen‹ Pullover angelegt.

Während der Fahrt über die Dörfer entdeckten sie von weitem eine große Tankstelle.

»Monika, es wird Zeit, zu tanken.«

»Ist recht so, Erwin.«

»Ach, da ist ja auch eine Waschanlage, Schatz, meinst du nicht, unser Wagen hätte es mal nötig?«

»Mach du mal, Papa, du machst das schon richtig. Ich frag im Verkaufsraum mal nach 'nem Kaffee«.

Erwin tankte voll, ließ sich eine Waschkarte geben und fuhr den Wagen in die Halle. Sodann stieg er aus dem Auto und blickte sich nach allen Seiten um. Blitzschnell zog er den Pullover aus und klemmte ihn leicht zwischen Scheibenwischer und Frontscheibe. Sodann startete Erwin den Waschvorgang; er hatte einen besonders intensiven gewählt, mit vielen chemischen Zusatzmitteln, der Wagen hatte es bitter nötig.

Als der Waschvorgang beendet war, lag der Pullover hinter dem Auto auf dem Boden. Die Intensivwäsche hatte diesem so zugesetzt, dass man schon von weitem erkennen konnte, dass er mindestens um zwei Nummern eingelaufen war, darüber hinaus gab es nun einige Löcher in dem Pulli, die vorher nicht darin gewesen waren. Offenbar war ihm das Einklemmen unter den Wischblättern nicht gut bekommen.

Mit einem Gesichtsausdruck wie seinerzeit der gute alte Columbo, nachdem dieser bemerkt hatte, dass ihm der neue Trenchcoat abhanden gekommen war, nahm Erwin das gute Stück in die Hand, warf es in den Kofferraum und fuhr den Wagen aus der Halle. Erst, als sie sich bereits auf der Weiterfahrt befanden, bemerkte Monika, dass ihr Mann keinen Pullover trug.

»Erwin, wo ist dein Pullover?«

Er hielt den Wagen an und öffnete den Kofferraum.

»Ach, Schatz, mir ist da ein Missgeschick passiert, vorhin. Mir war so heiß, und da hab ich den Pullover kurz aufs Wagendach gelegt, in der Waschanlage.«

Monika stand kurz davor, ihrem Gemahl an die Gurgel zu springen.

»Erwin!«

»Ach, Schatz, mach doch nicht so ein Gesicht, es waren doch nur drei Euro.«

Monika blickte ihn an, mit bitterbösem Gesichtsausdruck; dann jedoch stahl sich ein spitzbübisches Lächeln auf ihre Lippen.

»Du, Erwin, Schatz, Überraschung!«

Ihr Mann war sprachlos; so schnell hatte sie sich wieder beruhigt, das hätte er nicht für möglich gehalten.

»Bist du mir noch böse, Monika?«

»Nein, Schatz. Außerdem, es gibt für alles eine Lösung: Sie haben noch mehr Pullover da, in der Post, ich habe gestern angerufen.«

»Nein...!«

Als eine Gondel Trauer trug

Beppino, der absolute Star unter den *gondolieri,* zeigte sich sprachlos, im wahrsten Sinn des Wortes. So etwas war ihm in seiner langjährigen Laufbahn noch nie widerfahren. Wie viele Touristen hatte er in dieser Zeit über die Wasserstraßen Venedigs geschippert und mit seinem unvergleichlichen Gesang betört, mit seiner glasklaren Tenorstimme, einer Stimme, die nicht nur von Laien eingeschätzt wurde, zu Höherem berufen zu sein, zu Auftritten an geweihten Stätten wie der Met oder der Scala.

»Du bist zu Höherem berufen«, lautete denn auch der Ratschlag, der ihm seit längerer Zeit von wohlmeinenden Freunden, darunter auch von professionellen Musikliebhabern, stets aufs Neue erteilt wurde, doch Beppino zeigte sich auch ohne Karriere an der Oper zufrieden.

Er liebte es vielmehr, die Gäste der Stadt, manchmal auch die Einheimischen, singend mit seiner Gondel, durch Venedig zu begleiten und ihnen hierbei die zahlreichen Sehenswürdigkeiten anzupreisen, für ein nicht gerade geringes Salär, versteht sich.

Auf all diesen Fahrten hatte er Menschen aus der ganzen Welt seine Heimatstadt näher gebracht, Menschen unzähliger Nationen auf dem *Canal Grande* und seinen Nebenarmen hin- und her bewegt, mit seinem ruhigen Ruderschlag, und ihnen hierbei die schönsten Wunschkonzerte, von der großen Arie bis zur einfachen Folklore dargeboten.

Eine Fahrt wie die heutige jedoch war ihm noch nie untergekommen, und niemals zuvor war ihm ein solches, ihn in seiner Ehre zutiefst verletzendes Ansinnen angetragen worden, wie es die vier Fahrgäste aus dem Norden, aus deutschen Landen, vorgebracht hatten. Da verlangten doch die Herrschaften, zwei Paare mittleren Alters, ernsthaft von ihm, er möge ihnen die ganze Stadt zeigen, mit seiner Gondel, doch er solle dabei die Schnauze halten. Um genau zu sein, exakt diese Formulierung hatten sie zwar nicht gebraucht, in ihrem radebrechenden italienisch, doch er hatte es aber so und nicht anders aufgefasst, denn das herrische ›non cantare, bloß nicht cantare‹ stellte eine einzigartige Beleidigung für ihn dar.

Beppino war außer sich; einem Sänger seines Formats, einem direkten Nachfahren Carusos, etwas derartiges abzuverlangen, ihm einen solch unsittlichen Antrag zu machen, das grenzte an, nein es *überbot* einen Rufmord.

Gleichwohl erklärte er sich nach anfänglichem Sträuben mit grimmiger Miene bereit, dem Wunsch der merkwürdigen Touristen nachzukommen, denn diese hatten die von ihm erhobene bereits ziemlich üppige Gage schlagartig verdoppelt, wenn, ja wenn er denn während der Fahrt schwiege.

Und so nahm denn diese seltsame Tour ihren Lauf, auf den Kanälen der Lagunenstadt, mit einem verbissen schweigenden *gondoliere* und ebenso wortkargen Gästen, und sehr bald schon setzte nicht nur auf den Wasserstraßen, sondern auch auf den vielen Brücken und selbst in den nahen Gassen der Stadt große Verwunderung ein.

Fast allen der zahlreichen Boots- und Schiffsführer sowie vielen Einheimischen und selbst zahlreichen Touristen, die sich nicht zum ersten Mal in Venedig aufhielten, war er bekannt, der schöne Beppino mit der ebenso schönen Stimme, und allen war es ein Rätsel, dass er davon keinen Gebrauch machte und stattdessen mit finsterem Gesichtsausdruck das Ruder bewegte.

Bald schon erklangen die ersten Fragerufe anderer *gondolieri*, in hämischen Tönen, und sie wollten wissen, warum der stadtbekannte Sänger stumm war wie ein Fisch.

»Was ist mit dir, Pino, hast du Krach mit deiner Alten?«

»Warum singst du nicht, Caruso, haben sie dir nicht genug bezahlt?«

›Wenn die wüssten‹, dachte ein missgelaunter Beppino, ›für den Preis würden die auch die Klappe halten.‹

Einerseits freute er sich über die unerwartet hohe Einnahme, andererseits jedoch machte ihm der Umstand, als bester Sänger der Stadt nicht singen zu dürfen, doch arg zu schaffen, und darüber hinaus machte er sich jetzt auch noch zum Gespött von ganz Venedig.

Flehentlich blickte Beppino seine deutschen Fahrgäste an:

»Ein bisschen singen nur, un poco, signori.«

»Bist du wohl still«, klang es barsch zurück, »was meinst du wohl, wofür wir dich bezahlt haben?«

Nun aber bekamen die anderen *gondolieri* Mitleid mit ihrem Startenor; sie fühlten, dass da etwas nicht stimmte, bei dieser ungewöhnlichen Fahrt und mit diesen merkwürdigen Fahrgästen. Heimlich verständigten sie sich untereinander und begannen, einer nach dem anderen, die schweigsame Gondel von Beppino zu eskortieren, und auf diese Weise bildete sich bald eine ganze Prozession von Gondeln, wie an einem hohen Feiertag zu Ehren der Stadt.

Sehr bald schon schlossen sich durch weitere Mundzumundpropaganda über Mobiltelefone, die auf keinem Boot fehlten, alle Gondeln der Stadt ausnahmslos dem Schweigezug an – aus Solidarität mit dem stummen Beppino hatten die anderen Gondelführer ihre Gesänge eingestellt – da hallte es wie ein Schicksalsruf über den *Canal Grande*, auf dem sich die große Prozession gerade in Richtung Rialtobrücke bewegte.

»Volare, oho!« rief eine dröhnende Männerstimme, ein Tourist aus Südwestgrönland, inmitten der großen Gondelpolonaise, und damit war das Zeichen gegeben.

Hundertfach erklang es nun aus den Kehlen der anderen Fahrgäste, zu denen sich die vielen Stimmen der Menschen auf den Brücken und den nahen Gassen gesellten, die alle herbeigeeilt waren, um dem denkwürdigen Schauspiel auf den Kanälen beizuwohnen, und selbst auf der Seufzerbrücke, der *Ponte di Sospiri* erklangen keine Seufzer, sondern als Antwort ein fröhliches »cantare, ohohoho«, um das schöne, nicht nur in Italien so beliebte Lied fortzusetzen.

Fast alle Gondoliere stimmten ebenfalls ein, aber zuerst nur fast alle, dann aber, unter den aufmunternden Blicken der anderen Bootsführer in Richtung Beppinos Gondel fasste sich dieser schließlich ein Herz und hell übertönte seine lupenreine Tenorstimme die der Anderen, und fast akzentfrei sang er die deutsche Fassung des weltberühmten Schlagers: »Wie wär's, wie wär's mit uns zwei'n, das wär' für dich einmal neu...«

Nun endlich fielen auch die deutschen Trauergäste in den Schlager ein und sangen aus vollem Halse mit.

Als sich die Prozession sich nach Stunden aufgelöst hatte und Beppino von seinen deutschen Gästen verabschiedete, die nun auf einmal gar nicht mehr aufhören wollten, zu singen, sagte er mit listigem Augenaufschlag:

»Beppino doch cantare!«

Der absolute Genuss

Als Cornelius Birkenkamp, der große Liebhaber klassischer Instrumentalmusik, am frühen Morgen das kleine Schallplattengeschäft betrat, wurde er sofort vom Erich Bertoldi, dem Inhaber persönlich in Empfang genommen, ja geradezu stürmisch begrüßt.

»Das müssen Sie einmal ausprobieren, Herr Birkenkamp«, beschwor dieser den verdutzten Kunden und führte ihn gleich wieder hinaus aus dem Ladenlokal, allerdings zur rückwärtigen Tür, die in einen Hinterhof des Gebäudes mündete.

Birkenkamp hatte diesen Hinterhof noch nie betreten, und er begann, sich zu fragen, warum man ihn hierhin geführt hatte, statt ihn wie üblich bei der Auswahl an Tonträgern zu beraten, als er im Hof ein großes Riesenrad bemerkte.

Es handelte sich hierbei um ein Rad, wie man es von Jahrmärkten her kennt, mit einer Ausnahme; während bei den klassischen Geräten dieser Art eine gewisse Anzahl an Gondeln herabhängen, die, Platz für mehrere sitzende Personen bietend, sich im gleichmäßigen Abstand sowie in gleicher Weise aufwärts und wieder abwärts bewegen, waren diese Gondeln so angeordnet respektive montiert, dass die Personen darin, angeschnallt an ihren Sitzen, kopfüber nach unten hingen.

Birkenkamp wusste nicht, worüber er sich mehr wundern sollte; über das Riesenrad, das sich da äußerst langsam drehte, im Hinterhof, über dessen merkwürdige Beschaffenheit oder über die Tatsache, dass alle Gondeln des Rades vollbesetzt waren mit Personen, die mit ihren Gesichtern nach unten hingen und allesamt Kopfhörer trugen.

»Da staunen Sie aber, mein Lieber«, ließ sich der Herr der Schallplatten in freundlichem Tonfall vernehmen, »so etwas haben Sie bestimmt noch nicht gesehen.«

Das hatte Cornelius Birkenkamp in der Tat nicht, und vorsichtig trat er ein paar Schritte zurück; teils um das gesamte Rad besser in Augenschein nehmen zu können, teils aus dem Bedürfnis heraus, der rettenden Tür zum Laden näher zu sein, falls sich noch mehr Hinweise auf weitere Abnormitäten fänden, denn normal fand Cornelius die ganze Angelegenheit nicht gerade.

Dem Ladeninhaber war Birkenkamps Befremden natürlich nicht entgangen, und er beeilte sich, den merkwürdigen Sachverhalt aufzuklären.

»Sie sind doch sicher unter anderem auch ein großer Freund der Musik von Johann Sebastian Bach, nicht wahr?«

Cornelius sah zwar keinen unmittelbaren Zusammenhang zwischen dieser Frage und der ungewöhnlichen Jahrmarktattraktion hinter dem Ladenlokal, bejahte aber mit einem Kopfnicken und ließ weder das große Rad noch den Ladenbesitzer aus den Augen.

»Ich habe gerade eine neue Edition von Bachs Violinenkonzert in a-Moll hereinbekommen, mit einer wunderschönen Werkbeschreibung, und da heißt es an einer bestimmten Stelle, ich zitiere wörtlich aus dem Gedächtnis:

›Die Schönheit des Andante aus dem Violinkonzert ist so groß, dass man ernstlich nicht mehr weiß, wie man sich *hinsetzen und verhalten soll, um des Anhörens würdig zu sein.*‹

Und wissen Sie, wer das gesagt hat, Herr Birkenkamp?«

Cornelius wusste es nicht auf Anhieb, aber der Ladenbesitzer erwartete auch keine Antwort.

»Kein Geringerer als Claude Debussy tat seinerzeit diesen gewaltigen Ausspruch, und ich muss Ihnen sagen, ich war wie vor den Kopf geschlagen, als ich diese Passage las; ich musste sie gleich dreimal hintereinander lesen, um dann spontan zu handeln.«

»Zu handeln? Was meinen Sie mit handeln, Herr Bertoldi? Was haben sie denn getan?«

»Nun ja, dieser Ausspruch hat mich dazu verleitet, vollkommen neue Wege einzuschlagen, bei dem Versuch, diese phantastische Musik zu genießen, und das, was Sie hier draußen sehen, ist ein absolut neuer Weg, ach was, es ist eine Revolution auf dem Gebiet des Hörgenusses. Sehen Sie all diese glückstrahlenden Gesichter dort in den Gondeln, sie sitzen, liegen oder stehen nicht, auch gehen sie nicht umher, was ihnen dort allerdings auch schwer fallen würde; nein, sie nehmen die absolut richtige Körperhaltung ein, um dieses Violinkonzert optimal genießen zu können. Diese Menschen wissen im Gegensatz zu Debussy, um es noch einmal mit dessen Worten zu sagen, wie sie sich verhalten sollen. Oh, wenn er das noch erlebt hätte!«

»Wer, Debussy?«

»Natürlich«, runzelte Bertoldi die Stirn, »von ihm spreche ich. Ach, Sie meinen, Bach selbst? Der große Meister persönlich? Natürlich, er auch. Beide, beide hätten das mit eigenen Augen sehen respektive mit eigenen Ohren so erleben müssen.«

»Und Sie meinen, das funktioniert tatsächlich?«

»Was funktioniert tatsächlich?«

»Na, ich meine, diese Leute da«, wies Cornelius auf die glückseligen Personen in den Gondeln, »diese Leute erleben gerade den absoluten Hörgenuss?«

»Aber natürlich, mein Lieber. Ich habe es doch selbst getestet, auf meinem Riesenrad, als erster Mensch auf Erden, es ist ja auch meine Erfindung. Glauben Sie mir, es ist ein vollkommen anderes Gefühl, die Musik auf diese Weise zu genießen, statt sie in traditioneller Form wie im Konzert oder gar von der Schallplatte zu Gehör zu bekommen. Das ist überhaupt kein Vergleich mehr. Na, wie sieht's aus, wollen Sie es einmal ausprobieren?«

Cornelius Birkenkamp wusste nicht so recht, was er davon halten sollte, die Musik von Johann Sebastian Bach auf eine derartig ungewöhnliche Weise zu genießen, doch schließlich willigte er ein.

Bertoldi, der Inhaber des Schallplattengeschäftes schlüpfte in die Rolle eines Schaustellers und brachte mit Hilfe einer kleinen elektronischen Fernbedienung das Riesenrad zum Stehen. Sodann forderte er einen in der untersten Gondel sitzenden bez. hängenden älteren Herrn auf – was dieser Hörgast nur unter Protest tat – den Kopfhörer zurückzugeben und auszusteigen, um einem neuen Hörwilligen seinen Platz zu überlassen. Anschließend wünschte er seinem Stammkunden einen absoluten und ungetrübten Hörgenuss und ließ das Rad wieder an.

Als er die Gondel nach zehn Minuten wieder anhielt und Birkenkamp fragte, wie ihm die Fahrt gefallen habe, bat dieser, den Tränen nah, in der Gondel verbleiben zu dürfen; ein solches Musikerlebnis habe er noch nie genießen können, und er würde es gern fortsetzen.

»Sehen Sie, mein Lieber, da ging ich doch nicht fehl in der Annahme, dass Sie es zu schätzen wissen.«

Cornelius Birkenkamp verblieb den ganzen Tag auf dem Rad, und alle anderen in den Gondeln taten es ihm gleich. Zum Ladenschluss jedoch wurde das Vergnügungsgerät endgültig angehalten, und mit den Worten *rien ne va plus* forderte Erich Bertoldi alle Kunden auf, das Riesenrad zu verlassen.

»Seien Sie nicht traurig, meine Herrschaften, morgen ist auch noch ein Tag.«

Sie waren eigentlich auch nicht allzu traurig, sondern machten eher einen entrückten und verklärten Eindruck, berauscht von dem unglaublichen Hörgenuss, und viele von ihnen machten sich leicht tänzelnd oder im Wiegeschritt der über Stunden gehörten Musik auf den Heimweg.

»Na, zufrieden, Herr Birkenkamp?«, wollte Bertoldi von seinem Neuankömmling wissen.

»Mehr als das, Herr Bertoldi, mehr als das. Es war ein noch nie erlebtes Gefühl, so direkt, so in völliger Harmonie mit den Elementen der Musik, kaum zu beschreiben. Ich konnte sie praktisch mit den Händen fühlen, die Musik.«

»Das glaube ich Ihnen gerne. Wissen Sie, viele meiner Kunden haben sich des Öfteren, nachdem sie das Rad verlassen hatten, zuhause daran gemacht, selbst zu komponieren, obwohl manche von ihnen noch nicht einmal Noten lesen konnten. Ist das nicht erstaunlich?«

»Das ist ja phantastisch, Herr Bertoldi, das ist ja phänomenal, und doch sagt mir mein Gefühl, bitte verstehen Sie mich nicht falsch...«

»Wie bitte, mein lieber Freund, was sagt Ihnen Ihr Gefühl?« runzelte der Schallplattenhändler die Augenbrauen, »wollen Sie damit sagen, dass sie noch nicht zufrieden sind?«

»Nein, nein«, wehrte Cornelius erschrocken ab, »um Gottes Willen, ich bin mehr als zufrieden, ich bin sogar sehr glücklich, nur, verzeihen Sie bitte, trotz der Unvergleichlichkeit des raumumspannenden Hörgenusses auf dem Riesenrad habe ich das Gefühl, dass noch eine minimale aber entscheidende Steigerung möglich wäre. Ich vermag nicht zu beschreiben, worin diese Verbesserung bestände, was es sein könnte, ein kleiner Tick vielleicht für den absoluten Kick, um es einmal salopp zu formulieren, doch ich glaube, dann wäre das *non plus ultra* erreicht, ein geradezu paradiesisches Musikerlebnis.«

Wenn Cornelius befürchtet hatte, dass der geniale Riesenradmusiker wegen dieser kritischen Äußerung einen Wutanfall erleiden könnte, so wurde er schnell eines Besseren belehrt.

»Im Grunde haben Sie ja Recht, Herr Birkenkamp, ich habe mich das ebenfalls schon gefragt, und Sie werden vielleicht überrascht sein«, huschte ein Lächeln über die Gesichtszüge Bertoldis, »mir schwebt da auch etwas vor Augen, ich arbeite bereits daran.«

»Sie sehen noch weitere Möglichkeiten, diese unglaublich schönen Hörgenüsse zu steigern, und Sie arbeiten sogar schon daran?« entfuhr es Cornelius, »Das ist ja nicht zu glauben, das hätte ich ja im Traum nicht mehr zu hoffen gewagt.«

»Ja, mein Lieber«, nahm Bertoldi seinen Stammkunden väterlich in den Arm, »warten Sie mal noch gut vier Wochen und sprechen Sie mich dann wieder darauf an, dann werden wir weitersehen. In der Zwischenzeit können Sie natürlich, so oft Sie wollen, das Rad nutzen, während der allgemeinen Geschäftszeiten, versteht sich.«

Diese Aufforderung ließ Cornelius sich nicht zweimal geben, und gemeinsam mit vielen Gleichgesinnten verbrachte er die nächsten vier Wochen mehr auf dem Riesenrad in dem Hinterhof als zu Hause oder an seinem Arbeitsplatz.

In diesem Zeitraum machte sich zu seiner großen Verwunderung der Herr der Schallplatten rar, und keiner der Stammkunden konnte sich einen Reim darauf machen, während seine Angestellten, darauf angesprochen, keine Auskunft geben konnten oder wollten.

»Aha, er tüftelt«, dachte Cornelius und ließ in seiner Gondel die Musik wie Blut durch die Adern gleiten – eine Maßnahme, die durch die hängende Körperhaltung ausreichend unterstützt wurde – »das ist gut so.«

Nach gut vier Wochen jedoch traf Cornelius ihn im Ladenlokal an und brachte die Sprache auf ihre letzte Unterredung.

»Ach, ja, Herr Birkenkamp, gut dass Sie mich daran erinnern, ich wollte Sie gerade selbst darauf ansprechen. Hier habe ich etwas für Sie.«

Mit diesen Worten überreichte er Cornelius eine kleine Karte, eine Einladung für den nächsten Tag, zu einem besonders interessanten Ereignis, wie er betonte.

»Seien Sie aber bitte pünktlich, Sie sind nicht der einzige Gast. Wir freuen uns auf Ihren Besuch.«

Gleichzeitig ließ er von seinen Mitarbeitern weitere Einladungen an die Fahr- und Hörgäste auf dem Rad verteilen.

Cornelius musste zu Hause im Stadtplan suchen, um die angegebene Adresse zu finden; in einem Vorort, ziemlich weit außerhalb des Stadtzentrums.

Als er sich am nächsten Morgen mit dem Fahrrad auf den Weg machte und nach einer Stunde in diesem Vorort, in dem er zuvor noch nie gewesen war, eintraf, glaubte er seinen Augen nicht zu trauen; von weitem sah er bereits eine ganze Gruppe von Riesenrädern verschiedener Größe und Ausstattung. Sodann erreichte er einen großen Platz, der offenkundig das Zentrum bildete.

Mitten auf diesem Platz befand sich ein dermaßen großes Riesenrad, dass es durchaus dem des Wiener Praters Konkurrenz gemacht hätte, und ringsherum waren zahlreiche kleinere Räder gruppiert, in deren Gondeln, mit den Köpfen nach unten wie zuvor in Bertoldis Hinterhof, das gesamte städtische Symphonieorchester untergebracht war.

So hingen aus den Gondeln eines Rades die Streicher, aus einem anderen die Holz- sowie aus einem weiteren die Blechbläser mitsamt ihren Instrumenten und auf diese Weise setzte es sich fort, das ganze Orchester bis hin zu dem Rad mit den Pauken, und alle Musiker warteten geduldig in dieser Lage auf ihren Einsatz.

Der aber wurde aus einer einzigen frei umherschwebenden Gondel, in welcher der Dirigent sein Haupt nach unten neigte, über Kopfhörer an das gesamte Orchester gegeben.

Vor dem größten Rad in der Mitte des Platzes befand sich ein Kassenhäuschen, wie auf einem Jahrmarkt, und vor diesem Häuschen hatte sich bereits eine lange Menschenschlange gebildet.

Neben der Kasse aber stand Erich Bertoldi, der Inhaber des kleinen Schallplattengeschäftes, und verteilte Paradiesäpfel, um alle Freunde klassischer Instrumentalmusik auf einen absolut paradiesischen Genuss einzustimmen.

Nostalgiker

Mit ungläubigem Erstaunen legte Ludger Säbelweich seine Morgenlektüre aus der Hand; das konnte doch wohl nicht wahr sein.

Soeben hatte er einer Werbeanzeige aus dem Lokalteil der Zeitung entnommen, dass in *seiner* Stadt ein Lokal existiere, in welchem man, obwohl der Euro als Zahlungsmittel längst in aller Munde sowie aller Hände war und ein guter Teil der Bevölkerung diesen am liebsten wieder abgeschafft hätte, noch heute mit der guten alten DM bezahlen könne.

›Ein guter Witz‹, dachte Ludger, ›könnte fast von mir sein, wenn wir nicht den Oktober schrieben, würde ich diese Meldung glatt für einen Aprilscherz halten, einen gelungenen.‹

Er nahm wieder die Zeitung zur Hand, um sich zu vergewissern, ob er nicht irgend etwas, irgendein kleines aber bedeutsames Detail in der Anzeige übersehen hatte, woraus man die Ernsthaftigkeit der Werbung in Zweifel ziehen konnte.

So las er ein zweites Mal:

›Liebe Freunde der guten alten DM, bei uns können Sie alles, was Sie verzehren, in der ehemaligen Währung bezahlen, mit der alten uns allen über einen so langen Zeitraum ans Herz gewachsenen Deutschen Mark. Kommen Sie zu uns und überzeugen Sie sich selbst! Unsere gutbürgerliche Küche nebst einer reichhaltigen Auswahl an Getränken, speziell an frisch gezapften Bieren, wartet auf Sie.‹

Das wollte Ludger tun, sich überzeugen, vor Ort, durch eigene Inaugenscheinnahme. Nicht, dass er selbst noch an der alten Deutschen Mark hing oder als Fan dieses Zahlungsmittels galt, im Gegenteil, seinerzeit ging ihm die rein technische Umstellung schnell von der Hand, sodass er damals selbst während der so genannten Übergangsphase von einigen Monaten, in der beide Zahlungsmittel nebeneinander gültig waren, um die Einführung des Euro nicht so abrupt zu beginnen und den Abschiedsschmerz der DM Anhänger in Grenzen zu halten, von Beginn an das neue Zahlungsmittel benutzte, mit dem er sich frühzeitig eingedeckt hatte.

Das einzige, was ihn äußerlich noch an die ehemalige Mark erinnerte, waren einige kleinere Münzen, die er behalten hatte, weil der Aufwand zu groß gewesen wäre, dieses Kleingeld umzutauschen; innerlich jedoch war ihm die alte Währung noch stets präsent, wie vielen seiner Zeitgenossen, die mit der alten Mark groß geworden waren, und ein jedes Mal, wenn er mit dem Euro zahlte, rechnete er den Betrag automatisch im Geiste in DM um.

Bevor Ludger Säbelweich sich jedoch daran machte, die nostalgisch anmutende Zeitungsannonce zu überprüfen, in dem besagten Lokal, hatte er zuerst ein Problem besonderer Art zu lösen. Da er ja nur noch über ein paar unbedeutende Münzen der alten Währung verfügte, die kaum für die Begleichung des ersten Getränkes gereicht hätten, stellte er sich die Frage, wie er es anstellen könne, eine ganzen Abend dort zu verbringen, bei Speis und Trank, denn wenn er schon einmal da wäre, so wollte er den Besuch auch richtig genießen, in der Umgebung nostalgischer Währungshüter.

Er brauchte also Bargeld, allerdings in der alten Währung; woher nehmen, wenn nicht stehlen, und selbst wenn er es hätte stehlen wollen, hätte er nicht gewusst, wo.

Während er noch vor sich hin grübelte, fiel ihm seine Tante ein, eine ältere leicht versponnene Dame, die seinerzeit vehement gegen den Euro gewettert hatte. Ob Tante Alma noch etwas von der alten Mark gehortet hatte? Umgehend suchte er die alte Dame auf. Tante Alma war nicht wenig erstaunt, als der Neffe ihr sein Anliegen erklärte, doch nach und nach erhellten sich ihre Gesichtszüge.

»Siehst du, Ludger, habe ich nicht Recht gehabt, damals. Ihr werdet alle noch mal zu mir kommen, wenn es dieses neumodische Zeug, diesen Euro mal nicht mehr gibt. Wie viel brauchst du denn, Junge?«

Ludger verzichtete darauf, Tante Alma zu erklären, dass es den Euro immer noch gab und ließ sie in ihrem Glauben. Schon öffnete die Tante eine Tür des geräumigen Wohnzimmerschrankes, entnahm eine dunkel getönte größere Glasvase und griff hinein.

»Reichen hundert Mark für's Erste?«

Ludger rechnete blitzschnell um, dieses Mal in umgekehrter Weise; einhundert Mark entsprachen nicht einmal fünfzig Euro. Na ja, auf ein großartiges Menu konnte er ja verzichten, ein paar Frikadellen, dazu einige Biere, das musste erst einmal reichen, für einen Schnupperbesuch. Die Tante gab ihm einen ›Blauen‹, so wurde dieser Geldschein früher im Volksmund genannt, und stellte die Vase auf den Tisch. Was er da vor sich sah, haute Ludger fast vom Stuhl. Die Vase war bis zum Rand gefüllt mit alten Scheinen, ein kleines Vermögen in damaliger Währung.

»Aber Tante Alma, all das viele Geld, warum hast du das denn damals nicht zur Bank gebracht, vor der Umstellung auf den Euro?«

»Du siehst ja jetzt, wofür das gut war, Junge«, war Tante Almas knappe Antwort, »sei froh, dass ich das nicht getan habe, damals, sonst könnte ich dir heute nicht aus der Klemme helfen.«

Ludger unterließ es, seiner Tante zu erläutern, dass er eigentlich gar nicht in der Klemme saß, finanziell, da er mit dem, was er verdiente, gut zurecht kam, und er bedankte sich herzlich für die Überlassung des Hundertmarkscheines.

Die Tante wiederum erklärte ihm, dass sie dieses Geld nicht als Leihgabe, sondern als Geschenk an ihn betrachte. »Lieber mit warmen als mit kalten Händen, Junge«, sagte sie ihm zum Abschied, »denn was hätte ich denn nach meinem Tode noch davon.«

Am Abend machte sich Ludger auf den Weg in die Innenstadt, um das Lokal mit dem verlockenden Angebot aufzusuchen, und er staunte nicht schlecht, als er es gefunden hatte. Wie oft war er an dieser Kneipe vorbeigekommen, ohne je einen Fuß hineinzusetzen; er kannte diese Wirtschaft bisher nur von außen, diese rustikale Fassade mit dem alten, fast antiken Hinweisschild auf diverse Biersorten und eine gutbürgerliche Küche, genauso, wie es in der Anzeige stand.

Die Gaststätte war um diese Zeit nur spärlich besetzt; an der Theke im Hintergrund standen fünf Gäste, ausschließlich männlichen Geschlechts und einige Paare saßen an den Tischen. Ludger suchte spontan die Theke auf; zuerst wollte er sich einmal ein Bier gönnen, anschließend einen Blick auf die Speisekarte werfen, um zu entscheiden, ob für ihn ein Menu oder doch nur Buletten in Frage kamen.

An der Theke wurde er von den Männern, obwohl er keinen von ihnen kannte, begrüßt wie ein alter Freund.

»Hallo, Feind des Euro, endlich zu uns gefunden?«

Im gleichen Augenblick trat der Wirt hinter dem Tresen vor und begrüßte ihn gar mit Handschlag und stellte sich vor:

»Seien Sie willkommen, werter Freund der DM. Mein Name ist Schmitz, Günter Schmitz. Ich begrüße Sie hier im Club der Gleichgesinnten, im Club der treuen Währungshüter.«

»Willkommen, willkommen!« hallte es an der ganzen Theke, vereinzelt vernahm man auch »Nieder mit dem Euro!«

So wurde er auf direktem Wege eingeführt, bei den Freunden und Bewahrern der alten Mark, ohne Umschweife, und bevor er sich versah, hatte er bereits das achte Glas Bier vor sich stehen. Nun spürte er doch allmählich ein stärkeres Hungergefühl und fand, dass es an der Zeit sei, langsam etwas feste Nahrung zu sich zu nehmen.

Er entschied sich für Buletten, die man auch im Stehen an der Theke einnehmen konnte, denn er wollte seine neu gefundenen Freunde nicht brüskieren.

Inzwischen hatte sich das Lokal so ziemlich gefüllt. Der Wirt hinter der Theke hatte alle Hände voll zu tun und an den Tischen war eine junge gut gebaute Kellnerin pausenlos im Einsatz. Ludger fiel der eigentliche

Sinn und Zweck seines Besuches ein; wollte er nicht ursprünglich mit eigenen Augen in dieser Gaststätte, in der die alte Mark noch etwas galt, prüfen, was es auf sich habe, mit dieser ominösen Zeitungsanzeige? Bisher jedoch hatte noch niemand der Gäste seine Rechnung verlangt und gezahlt, weder an der Theke noch an den Tischen, so dass er nicht den Wahrheitsgehalt der Werbung feststellen konnte.

Vielleicht waren es ja alle Stammgäste und ließen anschreiben, solange es die Geduld des Wirtes zuließ, um dann klammheimlich mit dem Euro zu bezahlen. Nach zwei geschlagenen Stunden schließlich machte einer aus der Thekenrunde Anstalten, zu gehen und verlangte lautstark nach seiner Rechnung.

»Günter, zahlen, bitte! Ich muss nach Hause, meine Alte wartet.«

Aus dem Kreise der Zechkumpane erklang pflichtschuldiger Beifall.

»Achtundvierzig Mark dreißig, Albert.«

»Wie bitte, Günter, was sagst du?«

»Achtundvierzig Mark dreißig! Albert, hast du das Jägerschnitzel vergessen?«

Albert starrte auf seinen Bierdeckel, ein wenig benommen, und zückte seine Geldbörse. Ein ziemlich wenig gebrauchter Fünfzigmarkschein kam zum Vorschein.

»Neunundvierzig, Günter«, sagte der Gast mit etwas lallender Stimme, »mach neunundvierzig, weil du so lieb bist.«

»Ich dich auch«, rief der Wirt lachend und kniff den übrigen Thekenstehern ein Auge zu.

›Tatsächlich‹, dachte Ludger, ›hier wird in der Tat in DM bezahlt. Ich weiß noch nicht, *wie* das System funktioniert, aber es funktioniert.‹

Er fragte den Wirt, mit dem er mittlerweile wie mit den anderen Thekenfreunden zum Du übergegangen war, ob er immer so gut zu tun habe, wie heute, und dieser bejahte freudig.

»Ja, weißt du, Ludger, im Schnitt ist es immer so voll, und das die ganze Woche durch, denn wir haben keinen Ruhetag, allerdings haben wir nur in den Abendstunden geöffnet. Das läuft schon lange so gut hier, vor allem, seit der Umstellung auf den Euro. Ja, diese Idee mit der Wiedereinführung oder besser gesagt Beibehaltung der alten DM war, wenn man so will, Gold wert.«

Ludger geriet ein wenig ins Grübeln.

Als er bemerkte, dass der Wirt ein wenig Zeit hatte, wandte er sich erneut an ihn.

»Hör mal, Günter, du sagst, dass hier der Laden so gut läuft, seit der Umstellung auf den Euro, und ich sehe ja mit eigenen Augen, was so im einzelnen bestellt und verkonsumiert wird; wenn man das mal so hochrechnet. Sag doch mal, woher haben deine Gäste, ich vermute mal, die meisten hier sind Stammgäste, nach dieser langen Zeit noch so viele alte Währungsreserven, und vor allem, wo und wie bekommst du denn heute noch deine Tageseinnahmen umgetauscht?«

Der Wirt schaute Ludger mit einem durchdringenden Blick an und legte einen Zeigefinger auf die Lippen:

»Betriebsgeheimnis, Ludger, reines Betriebsgeheimnis.«

Diejenigen der umstehenden Gäste, die das Zwiegespräch akustisch und geistig mitbekommen hatten, sahen sich untereinander viel sagend an und grinsten, während die anderen Thekenfreunde weiterhin den Niedergang des Euro besangen.

Wenig zufrieden bestellte sich Ludger ein letztes Bier und bat gleichzeitig um seine Rechnung. Er zahlte mit dem Hunderter von Tante Alma, den der Wirt zur allgemeinen Erheiterung der Thekengäste herumreichte, bevor er ihm das Wechselgeld aushändigte, in der alten Währung, natürlich.

Als Ludger die Wirtschaft verließ, ärgerte er sich ein wenig, weil es ihm nicht gelungen war, dem Wirt und den Stammgästen das Geheimnis der wunderbaren DM Vermehrung zu entlocken und er beschloss, weil er weniger als die Hälfte der Reserve, die er bei sich trug, ausgegeben hatte, es noch ein zweites und letztes Mal auszuprobieren, keinesfalls aber darüber hinaus, denn so verlockend ihm auch der Sparstrumpf sprich die Sparvase von Tante Alma erschien, an diesem Geld würde er sich künftig nicht mehr vergreifen, und die hundert Mark würde er ihr auch wieder zurückerstatten, wenn auch in Euro.

Als er am nächsten Tag das Lokal betrat, fand er es fast genauso vor wie am Abend zuvor. Die Tische waren noch spärlich besetzt und die üblichen Gäste an der Theke empfingen ihren neuen Freund mit lautem Hallo. Auch Günter, der Wirt, begrüßte ihn freundlich mit Handschlag und bat ihn, nachdem Ludger seine Bestellung aufgegeben hatte, kurz ins Hinterzimmer, in sein Büro, wie er sich ausdrückte.

»Ludger, nun wirst du einer von uns«, rief einer von den Freunden der Theke, »nun wirst du eingeweiht.«

Ludger erschrak gewaltig.

Was sollte das bedeuten? Einer von uns? Nun wirst du eingeweiht?

Klopfenden Herzens folgte er dem Wirt.

Was wollte der von ihm? War es wegen des Geldscheines vom Vorabend, vielleicht glaubte der Wirt, dieser Schein sei eine Fälschung? Aber ein Geldschein aus Tante Almas Vase? Das konnte er nicht recht glauben. Oder steckte etwas ganz anderes dahinter, wurde hier gar Geld gefälscht, im Hinterzimmer, und er war nun zum unfreiwilligen Mitglied einer Geldfälscherbande geworden, einer Bande, die der alten Mark so sehr die Treue hielt, dass sie diese heute noch fälschte?

Der Wirt schloss die Tür zum Hinterzimmer, einem kleinen Raum, der in der Tat etwas Ähnlichkeit mit einem Büro hatte. Ludger blickte sich um; keine Spur von einer Gelddruckmaschine oder Münzpresse.

»Ludger, setz dich«, forderte der Wirt ihn auf und nahm selbst hinter einem geräumigen Schreibtisch Platz, »ich glaube, es wird Zeit, dir das System zu erklären«.

»Mein Gott«, dachte Ludger entsetzt, »er will mir das System erklären, das System der Geldfälschung und Verteilung.«

Er sah sich mit mehr als einem Bein bereits im Gefängnis.

»Ludger«, fragte ihn der Wirt, »hast du außer der alten Mark auch noch ein paar Euro dabei?«

Ludger verstand die Frage nicht ganz, aber er nickte. Was wollte der Wirt denn mit Euro, in einer Kneipe, wo dieses Zahlungsmittel derart verhasst war, dass es gar nicht zugelassen war?

»Das System ist folgendermaßen«, fuhr Günter fort, »wenn du Stammgast werden willst, bei uns, und davon gehe ich aus, sonst wärest du ja nicht zum zweiten Mal hier, musst du mir zuvor eine gewisse Summe in Euro überlassen, als Vorschuss. Dann wechsele ich dir diesen Betrag unverzüglich in DM um, und so kannst du vorne im Lokal mit der schönen alten Mark bezahlen, bis der Vorrat aufgebraucht ist. Sodann wiederholt sich das alte Spiel. Auf diese Weise erweisen wir alle hier der alten Währung die Ehre und bewahren gleichzeitig das Image meines Lokales als der einzigen Gaststätte in diesem Lande, in der die Mark noch was gilt.«

Ludger war zuerst sprachlos, dann verzog er das Gesicht zu einem breiten Grinsen; so einfach war das System.

Spontan hinterlegte er eine größere Summe in Euro, die nach seiner Schätzung für die erste Woche ausreichen würde, und somit ward er mit Glanz und Gloria aufgenommen im Club der edlen Währungshüter.

»Und gestern Abend«, fragte er beiläufig den Wirt, »meinen Verzehr von gestern Abend, wie verbuchst du den?«

»Der sei dir geschenkt, Ludger, fürs Wiederkommen. Siehst du, alle hier im Lokal waren einmal hier zum Schnuppern wie du, und danach sind sie alle, alle wiedergekommen.«

Verzählt

Der Topmanager war außer sich, vor Zorn; damit hatte er nun wirklich nicht gerechnet. Als Vorstandsvorsitzender eines weltumspannenden Konzerns war er es gewohnt, mit großen und größten Zahlen zu jonglieren und sich in gigantischen Dimensionen zu bewegen, doch mit dem kleinen Einmaleins, ging es nach dem Gerücht, das eine angesehene Wochenzeitschrift in die Welt gesetzt hatte, sollte es offenbar nicht soweit her sein?

Doch solch eine Unverschämtheit würde er sich nicht bieten lassen, dagegen würde er gerichtlich vorgehen und umgehend eine breit angelegte Gegendarstellung erzwingen, denn eine derartige Unterstellung kam einem glatten Rufmord gleich, in seiner Branche.

Allerdings, so musste er sich eingestehen, hatte das Wochenblatt nicht seine außergewöhnlichen Fähigkeiten, mit den großen Zahlen umgehen zu können, in Zweifel gezogen, sondern tatsächlich nur von seinen Schwierigkeiten mit den *kleinen* gesprochen, doch wie stand er da, in der Hochfinanz, mit so einer Aussage?

Voller Empörung ließ er sich zuerst mit der Kanzlei, die seinen Konzern bei Rechtsstreitigkeiten jeglicher Art vertrat, verbinden.

Dann jedoch besann er sich eines anderen, und er wählte selbst die Nummer seines Anwalts, der ihn schon einige Male privat vertreten hatte.

»Du, Rudolf, hast du schon die Schweinerei in der Zeitung gelesen. Ich brauche deinen Rechtsbeistand. Wir müssen sofort darauf reagieren.«

»Was meinst du Eckhart?«

»Na, diese falschen Zahlen beziehungsweise diese Falschmeldung in der letzten Wochenausgabe der...«

»Wie bitte, Eckhart, du, ein mathematisches Genie sondergleichen und falsche Zahlen. Den möchte ich sehen, der dir falsche Zahlen unterstellt.«

»Na,ja, falsche Zahlen haben sie mir zwar nicht direkt unterstellt, aber dafür eine infame, ehrenrührige Behauptung aufgestellt. Komm bitte her, Rudolf, wir müssen sofort dagegen was tun.«

»Was haben sie denn behauptet?«

»Sie haben geschrieben, groß und breit, ich könne nicht rechnen.«

»Was haben die? Soll das ein Witz sein?«

»Das ist kein Witz, Rudolf, sie haben in der Tat behauptet, ich wüsste nicht einmal genau die Anzahl meiner eigenen Kinder anzugeben.«

»Das ist ja unglaublich«, rief der Anwalt entsetzt, »ich komme sofort.«

Ob sich sein Entsetzen auf die freche Behauptung bezog oder darauf, dass er diese für möglich hielt, war nicht auszumachen.

Eine Viertelstunde später traf der Rechtsanwalt in der Konzernzentrale ein und wurde sofort ins Chefzimmer vorgelassen.

»Das ist ja eine schöne Sauerei, Eckhart«, begrüßte er jovial seinen Freund, den Konzernherrn.

»Das kannst du wohl laut sagen, Rudolf.«

»Aber wie kommen die denn darauf, so etwas zu schreiben, diese Schmierfinken?«

In knappen Worten klärte der Konzernchef seinen Freund darüber auf, wie es seiner Meinung nach wahrscheinlich zu diesem Artikel gekommen sein konnte.

Danach habe er diesem Blatt in einem Interview vor einigen Tagen unter anderem *im Scherz*, wie er betonte, gesagt, dass er manchmal das Gefühl habe, nicht genau zu wissen, wie viele Kinder er eigentlich genau habe, elf oder zwölf, da er wegen seines aufreibenden Jobs mehr Zeit unterwegs auf dem gesamten Erdenball verbringe als daheim bei seinen Lieben.

»Und daraus, lieber Rudolf«, beendete der Manager seine Ausführungen, »aus solch einer zugegebenermaßen etwas flapsigen aber durchaus nicht ernst gemeinten Bemerkung ziehen diese Lümmel doch glatt den Schluss, ich wüsste nicht einmal, wie viele eigene Kinder ich daheim habe. So eine verdammte Sauerei!«

»Das kannst du wohl laut sagen, Eckhart«, pflichtete ihm der Anwalt bei.

»Und was machen wir jetzt, Rudolf?« wandte sich Eckhart Rat suchend an seinen Freund und Anwalt.

Rudolf tendierte zuerst auch dazu, unverzüglich dagegen anzugehen und den Klageweg zu beschreiten, doch nach einiger Überlegung empfahl er seinem Freund, die ganze Sache erst einmal zu überschlafen; vielleicht könne sich ein solcher Schritt zum Ende als Bumerang erweisen und ihm mehr schaden als nützen, indem er ihn weiterhin der Lächerlichkeit preisgab.

»Du gehst dabei unter Umständen das Risiko ein, deinen guten Namen zu verlieren, und das ist es doch bestimmt nicht wert, vielleicht gibt es ja noch andere Optionen; du weißt ja, die Nacht ist ein guter Ratgeber«, schloss er mit dem alten Sprichwort.

Eckhart, der souveräne und selbstbewusste Konzernleiter, war nachdenklich geworden. Da war etwas dran, an dem, was ihm der Freund empfohlen hatte. Nutzte es ihm tatsächlich, wenn er ein groß angelegtes Dementi, eine Gegendarstellung von der Zeitung erzwänge, oder heizte er damit nur die Schadenfreude seiner Gegner – und deren Zahl war wegen seiner teilweise doch recht rüden Geschäftsmethoden nicht gerade klein – nur noch an, indem er gleichsam mit Kanonen auf Spatzen schösse, statt alles mit Gleichmut und einer Prise Humor auf sich beruhen zu lassen?

War es denn in der Tat nicht so, dass er viel mehr Zeit außer Haus verbrachte, aus Gewinnstreben, und seine zwölf – oder waren es vielleicht doch elf – Kinder kaum zu Gesicht bekommen hatte, in den letzten Jahren? Er gab seinem Freund und Anwalt, der es ehrlich mit ihm meinte, Recht.

Spontan lud er ihn zum Abendessen ein, zu sich nach Hause. Dieser willigte gern ein, war er doch als Junggeselle zuweilen froh darüber, nicht alleine zu speisen. Zudem war er mit der Familie seines Freundes schon seit längerer Zeit bekannt, und so bedurfte es auch keiner besonderen Umstände für diese Einladung.

Nachdem die beiden Freunde, verwöhnt mit einem üppigen Mahl, von der Frau des Konzernchefs eigenhändig zubereitet, ausgiebig gespeist und hierbei auch eifrig und tief ins Glas geschaut hatten, kam noch einmal die Sprache auf den leidigen Zeitungsartikel.

»Weißt du, was ich jetzt mache«, sagte der Manager mit leicht belegter Stimme, »jetzt beweise ich dir unumstößlich, dass dieses blöde Blatt Unrecht hat und ich immer noch in der Lage bin, meinen eigenen Nachwuchs zu zählen, auch in diesem Zustand.«

Seine Frau protestierte, doch Eckhart nahm keine Rücksicht darauf; zu tief saß der Stachel, den ihm die Zeitung versetzt hatte, und er ließ sie alle zwölf aufmarschieren, sein eigen Blut, wie er sich ausdrückte.

»So, Kinder, nun sagt mal alle dem netten Herrn eine gute Nacht!«

Während die Kinder eines nach dem anderen verlegen dieser Aufforderung nachkamen, bemerkte der Hausherr plötzlich trotz seines Alkoholkonsums etwas, was ihm bis dahin noch nicht so recht aufgefallen war; zwei seiner Kinder wiesen eine erschreckende Ähnlichkeit auf, jedoch absolut nicht mit ihm selbst, sondern mit seinem Freund und Anwalt, der neben ihm saß.

Mit großen Augen blickte er zuerst zu seiner Frau hinüber, die auf der Stelle tief errötete, und dann zum Freund, dessen Gesicht die gleiche Farbe annahm.

»Ich glaube, ich verzichte auf die Klage«, sagte der große Konzernchef, nachdem die Kinder zu Bett gegangen waren, »offensichtlich haben die von dem Wochenblatt doch Recht; ich könnte mich in der Tat bei meinen *eigenen* Kindern tatsächlich verzählt haben...«

Ein denkwürdiger Fall

Wilhelm Namreh hatte die Fassung verloren. Vor seinen Augen rollte sein PS-starkes Automobil langsam von der werksinternen Parkfläche, die außer ihm nur noch wenig hochgestellten Mitarbeitern vorbehalten war, wie von Geisterhand gesteuert auf die Werksstraße und von dort aus langsam auf das Haupttor der Fabrik zu, und er konnte dieses nicht verhindern.

Während sein schönes Auto offensichtlich entführt wurde, saß er machtlos am Schreibtisch im dritten Stock des Verwaltungsgebäudes, von wo aus er einen guten Ausblick über das gesamte Fabrikgelände hatte, und er schaute konsterniert seinem Fahrzeug hinterher.

Er hatte, da er im Moment durch seine Sekretärin abgelenkt wurde, nicht genau gesehen, wie der dreiste Autodieb sich seines heiß geliebten Renners bemächtigen konnte, und so sah er nur noch, als er zufällig nach unten blickte, wie sich das Gefährt in Bewegung setzte.

Mit kalter Wut griff er zum Telefon, um den Werksschutz zu informieren. Besetzt! Auch das noch. Das konnte doch nicht wahr sein.

Blitzschnell verließ Wilhelm Namreh sein Büro und stürzte die Treppen hinab, den Aufzug vermeidend, der sowieso stets irgendwo unterwegs war.

Unten angekommen, nahm er das kurze Stück bis zur Werkseinfahrt im Laufschritt und sah gerade noch, wie der Dienst habende Pförtner aus seinem verglasten Häuschen heraus seinen Wagen durch die offene Schranke hindurch winkte. Als er an der Pförtnerloge eintraf, war das Auto bereits nach rechts in den fließenden Verkehr eingebogen. In äußerster Erregung betrat Wilhelm das kleine Gebäude.

Der Werksschutzbeamte war sehr verblüfft, als er den vor Zorn schnaubenden Namreh vor sich sah, allerdings weniger über die Tatsache, dass dieser vor Wut schnaubte, sondern darüber, ihn hier in seiner Loge zu sehen.

»Sie hier, Herr Namreh?« stammelte der Pförtner und wechselte die Gesichtsfarbe, als hätte er einen Geist vor sich.

»Wo soll ich denn sonst sein, Sie Penner,«, herrschte Nahmreh den verwirrt dreinblickenden Beamten an, »wenn Sie nicht richtig reagieren, Sie trübe Tasse? Wie konnten Sie meinen Wagen hier durch winken, wenn Sie gleichzeitig sahen, dass ich nicht darin saß?«

Der Pförtner wurde körperlich immer kleiner und hilfloser, hinter seiner kleinen Empfangstheke.

»Was sollte ich denn machen«, begann er zu stottern, doch Namreh war nicht zu bremsen.

»Sie kennen doch wohl meinen Wagen, Sie Hirsch, nicht wahr? Und mich kennen Sie doch auch, oder nicht?«

Der arme Beamte nickte nur und begann zu schwitzen.

»Wie lange kennen Sie mich, mein lieber Freund?«

Der liebe Freund bekam kein Wort heraus, sodass Namreh die Frage selbst beantwortete.

»Über vier Jahre kennen Sie mich«, donnerte er los, »und über vier Jahre lang wissen Sie, dass ich jeden Tag mit meinem Privatwagen ins Werk fahre, am Morgen, auf meinen werkseigenen Parkplatz, ich habe schließlich das Recht dazu, und am Abend auf dem gleichen Weg wieder hinaus. Wie kommt es dann«, wurde Wilhelms Stimme schneidend, »dass Sie mein Auto hier herauslassen, obwohl Ihnen doch klar gewesen sein muss, dass mein Wagen gestohlen wurde, da ich selbst nicht darin saß? Sie hätten den Wagen anhalten müssen, Sie Trottel.«

»Ich dachte«, setzte der Pförtner zu einer Erklärung an, doch Namreh schnitt ihm das Wort ab.

»Was Sie dachten, ist uninteressant, Sie sollen aufpassen! Ist Ihnen denn gar nicht der Gedanke gekommen, Menschenskind, dass etwas nicht stimmen könnte, weil ein Fremder in meinem Fahrzeug saß und nicht ich? Sie hätten den Wagen festhalten und mich sofort benachrichtigen müssen.«

Der Pförtner holte tief Luft.

»Es saß kein Fremder in Ihrem Wagen, Herr Namreh.«

»Was sagen Sie da? Kein Fremder? War es einer aus der Fabrik? Haben Sie ihn erkannt? Jetzt beklauen einen schon die eigenen Kollegen. Wer war es, sprechen Sie schon, Mann!«

»Es war kein Kollege, Herr Namreh.«

»Wer war es denn, Mann Gottes? Verdammt noch einmal, lassen Sie sich doch nicht die Würmer einzeln aus der Nase ziehen.«

Der Beamte nahm all seinen Mut zusammen:

»Sie saßen selbst drin, Herr Namreh, ganz allein.«

Endlich war es heraus.

Nun war es an Wilhelm Namreh, zu erbleichen, vor Wut. Er blickte den Pförtner an, als habe dieser nicht alle Sinnen beisammen.

»Haben Sie einen Knall?« explodierte er, so laut, dass die Glaswände des kleinen Gebäudes bedenklich zitterten, »Sind Sie betrunken? Wo haben Sie den Schnaps versteckt?«

Der arme Werksschützer machte sich noch kleiner und wies nur stumm auf die Überwachungskamera an der Außenfassade, die alle Bewegungen durch das Fabriktor registrierte, und anschließend auf seinen Monitor hinter der Theke.

Namreh verstand.

»Sehen Sie selbst, Herr Namreh«, flüsterte der Beamte, schlotternd vor Furcht.

Wilhelm trat hinter die Theke und blickte auf den Bildschirm. Der Pförtner ließ das Registrierband ein wenig zurücklaufen und startete es dann erneut.

Wilhelm Namreh verstand die Welt nicht mehr, als er sich selbst allein in seinem Wagen herannahen und in höflicher Weise abwarten sah, statt mit einer herrischen Bewegung, so wie er es immer tat, den Pförtner aufzufordern, den Weg freizugeben.

Er konnte sich beides nicht erklären, weder das erste noch das letztere.

»Das kann doch nicht wahr sein«, flüsterte er entsetzt, »das glaube ich einfach nicht.«

Unzählige Male ließ er den Beamten das Band vor- und zurückrollen, gemeinsam kontrollierten sie die mitlaufende Uhrzeit nebst Datumsangabe auf dem Bildschirm. Es gab keinen Zweifel, stellte Namreh mit Grausen fest:

Er selbst und kein anderer, so hatte es die unbestechliche Kamera eindeutig festgehalten, hatte vor einigen

Minuten das Werksgelände mit seinem Wagen mit unbekanntem Ziel verlassen, obwohl er sich zur gleichen Zeit offensichtlich noch in der Fabrik befand.

Wilhelm Namreh fasste sich an die Stirn und verlangte nach einem Schnaps, den der Pförtner augenblicklich hervorzauberte. Nach dem Genuss des hochprozentigen Getränkes verließ er ein wenig schwankend das Pförtnerhäuschen, wortlos, zu nichts mehr fähig, und stolperte mühsamen Schrittes zurück zur Verwaltung, um sich in seinem Büro zu vergraben.

Dem Wahnsinn nah blickte er von oben vorsichtig aus dem Fenster und glaubte, nun endgültig einen Herzstillstand zu erleiden. Auf seinem firmeneigenen Parkplatz stand, genau an der Stelle, wo es immer zu stehen pflegte, sein Automobil, so als sei nichts geschehen. Wilhelm Namreh griff zu den Tabletten, die er stets bei sich trug.

Gleichsam wie in Trance verließ er am späten Nachmittag sein Büro und stieg behutsam und äußerst vorsichtig in sein Fahrzeug, voller Misstrauen, dass dieses sich von selbst in Bewegung setzen könnte. Wie er es fertig brachte, aus der Fabrik heraus, vorbei an der Pförtnerloge des Werksschutzes, aus der nun der Kollege der Spätschicht ihn ehrerbietig grüßte, und bis nach Hause zu gelangen, blieb ihm ein Rätsel.

Zu Hause angekommen, hatte er sich ein wenig erholt und einigermaßen in der Gewalt. Wilhelm, der in der Fabrik das große Sagen hatte, fasste den Entschluss, seiner Frau vorerst nichts von dem unerklärlichen Geschehnis zu berichten.

Stattdessen nahm er sich vor, schnellstmöglich einen Arzt zu konsultieren, um mit dessen Hilfe dem unglaublichen Phänomen auf die Spur zu kommen. Zuerst dachte er folgerichtig daran, einen Psychiater aufzusuchen, denn das, was er erlebt hatte, war in der Tat ein Fall für einen solchen, aber nach näherer Betrachtung verwarf er diesen Gedanken, da seiner Meinung nach nur Verrückte zu einem Seelenklempner gingen, und verrückt war er doch nun wirklich nicht, nicht er, Wilhelm Namreh.

So kam für ihn nur ein Weg in Frage; der Weg zu seinem guten alten Hausarzt Dr. Trahtnaht. Dieser Arzt kannte ihn schon sehr lange und hatte bisher all seine körperlichen Wehwehchen heilen können, ihm würde er sich vorsichtig offenbaren, sehr vorsichtig, dann würde sich schon ein Weg finden lassen. Und außerdem, war nicht jeder Arzt, gleich, mit welchen Beschwerden der Patient zu ihm kam, zur Schweigepflicht verdonnert?

Gesagt, getan; schon für den nächsten Tag vereinbarte er einen Termin mit seinem Hausarzt.

Dr. Trahtnaht staunte nicht schlecht, als ihm sein Patient von der merkwürdigen Begebenheit am Vortage berichtete, doch geduldig, wie es nun einmal des Arztes Pflicht ist, hörte er sich alles schweigend von Anfang bis zum Schluss an.

Als Wilhelm seine Erzählung beendet hatte, setzte Dr. Trahtnaht eine Miene des Bedauerns auf.

»Lieber Freund, ich kenne Sie nun schon sehr lange, und aufgrund dessen bin ich davon überzeugt, dass das, was Sie mir soeben geschildert haben, den Tatsachen entspricht, oder zumindest, dass Sie daran glauben, dass es tatsächlich so geschehen ist.«

Namreh wollte schon aufbrausen und auf seinen Hausarzt losgehen, als dieser ihn mit einer Handbewegung zurückwies.

»Aber nicht doch, mein Lieber, wer wollte denn in die Luft gehen«, beschwichtigte der Arzt seinen Patienten, »es liegt mir fern, Ihre Urteilskraft in Zweifel zu ziehen. Ich möchte damit nur zum Ausdruck bringen, dass mir ein solcher Fall bisher noch nicht untergekommen ist, und ich muss Ihnen auch ganz ehrlich sagen, dass dieses alles sozusagen meinen Rahmen sprengt. Sehen Sie, ich fühle mich zuständig für Ihre physischen Leiden, die selbstredend oftmals auch mit psychischen Beschwerden einhergehen können, doch das, was Sie erlebt und erlitten haben, bester Freund, da bin ich mit meinem Latein am Ende, im wahrsten Sinn des Wortes.«

Wilhelm musste wohl oder übel einsehen, dass der Hausarzt Recht hatte; körperliche Beschwerden verspürte er nicht, oder jedenfalls noch nicht, seit diesem denkwürdigen Vorfall.

»Ich will Sie aber keinesfalls im Regen stehen lassen«, setzte der Arzt fort, »ich gebe Ihnen mal die Adresse eines Kollegen, eines sehr guten Arztes für Psychotherapie. Er hat nicht nur einen außerordentlich guten Ruf als Facharzt, er wird diesem auch in hohem Maße gerecht.

Das war es gerade nicht, was Wilhelm wollte, wiederum jedoch musste er einsehen, dass wohl oder übel kein Weg an einem solchen Fachmann vorbeiführte.

»Bitte, nehmen Sie Platz, machen Sie es sich bequem und entspannen Sie sich. Wo drückt der Schuh des Manitu?« lud Dr. Lösepein, der Facharzt für Psychotherapie mit dem ausgezeichneten Ruf seinen neuen Patienten ein, auf der Couch in seinem Behandlungszimmer Platz zu nehmen.

Wilhelm war nicht gering erstaunt, über diese Begrüßung einerseits, und andererseits über die unvermittelte Art, ihn direkt auf die Couch zu verfrachten. Ein wenig widerstrebend legte er sich nieder, voll Anspannung und Verkrampfung. Stockend begann er, von dem Unglaublichen, was ihm widerfahren war, zu berichten. Der Arzt, ein energisches ältliches Männlein in den Siebzigern, hörte schweigend zu und hielt die Augen geschlossen.

Als Wilhelm mit seiner Erzählung geendet hatte, verzog Dr. Lösepein keine Miene und hielt weiterhin die Augen geschlossen, sodass Wilhelm schon befürchtete, dieser sei eingeschlafen, vor Langeweile, doch mit einem unvermuteten Ruck löste sich der Arzt aus seiner gedankenverlorenen Haltung:

»Sagen Sie einmal Herr Namreh, besuchen Sie regelmäßig einen Stammtisch?«

Wilhelm war auf einiges vorbereitet, bei diesem Besuch, nicht aber auf eine solche Frage.

»Wie kommen Sie denn darauf, was ist das denn für eine Frage? Was hat das denn mit meinem Problem zu tun?«

»Antworten Sie bitte zuerst, ich erkläre es Ihnen später.«

»In der Tat gehe ich regelmäßig zu einem Stammtisch, in meiner Stammkneipe, jeden Freitagabend«, gab Wilhelm verärgert preis, »aber ich verstehe immer noch nicht...«

»Und was besprechen Sie dort, an diesen Abenden«, schnitt ihm der Psychotherapeut das Wort ab, »können Sie mir einige Beispiele nennen?«

Wilhelm konnte sich keinen Reim darauf machen, was seine Stammtischabende mit dem Besuch hier zu tun haben sollten, doch er fühlte sich zu unsicher, um erneut zu protestieren.

»Na ja, wir sprechen halt so über dieses und jenes«, begann er vorsichtig, »alles das, was einem so an aktuellem Tagesgeschehen unter den Nägeln brennt.«

»Sprechen Sie nur darüber, stellen Sie es nur dar, oder gibt es auch Ansätze, Vorschläge zu Problemlösungen?«

»Oh, nicht nur das, Herr Doktor«, geriet Wilhelm in Fahrt, »wir haben es uns zum Ziel gesetzt, jedes Problem, was auf den Tisch kommt, zu lösen, zumindest verbal. Sie müssen wissen, die Welt von heute ist schlecht, Herr Doktor, viel schlechter als zu der guten alten Zeit, zu unserer Zeit nämlich, ich meine, als wir jung waren«, kniff Wilhelm seinem Seelendoktor ein Auge zu, »man sollte uns mal dran lassen, nicht wahr, dann sähe sie anders aus, die Welt, heute.«

Der Psychologe sagte eine Zeitlang nichts, nach diesem resoluten Statement; gedankenverloren blickte er an die Zimmerdecke. Plötzlich jedoch richtete er seinen Blick auf den Patienten auf seiner Couch.

»Genau das, lieber Herr Namreh, ist Ihr Problem, das heißt, von nun an ist es unser gemeinsames Problem, Ihres und meines, für das wir eine Lösung suchen, wenn Sie mich Ihnen helfen lassen.«

»Sie gehen Recht mit mir in der Annahme, dass die Welt von heute das Problem ist«, freute sich Wilhelm, einen Arzt gefunden zu haben, der mit ihm fühlte, der dachte, wie er selbst, »wollen wir gemeinsam das Problem beziehungsweise die Probleme lösen?«

Dieser Psychiater war noch besser, als sein Ruf, das konnte er nur bestätigen.

»Sie missverstehen mich, werter Herr!«

Die Stimme des Arztes wurde ein wenig scharf, im Tonfall: »Nicht die Welt von heute ist das Problem, sondern Sie selbst; Sie und Ihresgleichen mit Ihren Stammtischen, hier und überall auf diesem Erdboden.«

Wilhelm Namreh fuhr wie von der Tarantel gestochen von der Couch hoch.

»Was erlauben sie sich?« fauchte er den Arzt an, »ich bin schließlich Ihr Patient, und ich bin hierher gekommen, damit Sie mir helfen, nicht dass Sie mich beschimpfen. Immerhin...«

Wütend hielt er im Satz inne und verschluckte den Rest, doch der Seelenheilkundige las es ihm aus dem Gesicht.

»Immerhin bezahle ich auch dafür, ist es das was Sie sagen wollten?« fragte er den Patienten mit süffisantem Lächeln.

Wilhelm Namreh war mehr als sprachlos; mit offenem Mund starrte er den Psychotherapeuten an. In dieser Weise hatte es noch nie jemand gewagt, mit ihm zu sprechen. Der Arzt fuhr jedoch ungerührt fort.

»Eben genau solche Zeitgenossen wie Sie, lieber Herr Namreh, und es gibt viele von diesen, auf dem weiten Erdenrund und speziell in diesem Lande, viel zu viele übrigens, würde ich behaupten, stellen das eigentliche Problem dar. All diese selbsternannten Problemlöser, diese Typen, die auf jede, aber auch jede Frage eine Antwort haben, die exakt alle Wege kennen, Abhilfe zu schaffen, solange sie nicht selbst dafür Sorge tragen müssen, deren Credo stets mit der Formulierung beginnt ›*Man müsste doch einfach nur...und schon ist das Problem gelöst*‹, all diese besserwissenden und rechthaberischen Personen bilden das eigentliche Übel der heutigen Zeit, nicht die heutige Zeit selbst ist es. Ein kluger Kopf hat einmal das Charakteristische dieser Spezies in eine griffige Formel gebracht:

Es gibt Zeitgenossen, die nichts verstehen, aber alles erklären können.«

Der Arzt machte eine kleine Pause und sah seinen Patienten unverwandt an. Dann sprach er weiter.

»Und nun kommen wir zu Ihnen, Herr Namreh. Diese merkwürdige Begebenheit, von der Sie mir eingangs berichteten, beruht schlicht und ergreifend auf der Tatsache, dass Ihr zweites Ich, Ihr *alter ego*, sich gemeldet hat und sozusagen aus der engen Umklammerung, in der Sie es gefangen hatten, ausgebrochen ist, und zwar im wahren Sinn des Wortes. Ihr *alter ego* war es, welches Ihren Wagen nahm und sich einen Weg heraus aus der Umklammerung gesucht hat, bis hinaus aus dem Fabriktor; nicht Sie selbst saßen in diesem Wagen, sondern Ihr anderes, Ihr gegensätzliches *Ich*.«

Bei dieser Erklärung blickte Wilhelm Namreh den Arzt an, als hätte dieser nicht alle Tassen im Schrank, und er fragte sich ernsthaft, ob dieser Besuch nicht doch hätte unterbleiben sollen, doch der Seelenfreund ließ nicht locker:

»Ich erwähnte soeben, dass es viele Menschen, verzeihen Sie, Herr Namreh, Ihrer Art gäbe, doch zum Glück für uns Psychologen und wenn man so will auch für den anderen Teil der Menschheit, der nicht vom Bazillus der Rechthaberei befallen ist, hat die Natur, so will ich es einmal nennen, eine Art Bremse eingebaut; eine Bremse, um Sie zur Besinnung zu bringen, werter Herr, denn als nichts anderes ist das zu deuten, was Ihnen widerfahren ist. Die Natur hat Ihnen, indem sie Ihnen Ihr *alter ego* vor Augen geführt hat, einen Weg aufgezeigt, einen Weg, wie Sie vom Lenker – Sie sind doch bestimmt in einer lenkenden Tätigkeit in Ihrem Beruf – zum Denker werden. Natürlich bedarf es zu diesem Ziel noch weiterer Schritte, doch der Anfang, so scheint es, ist gemacht.«

Wilhelm war erschüttert, bis in die Grundfesten seines besserwisserischen Glaubens. Unzählige Gedanken schossen ihm durch den Kopf. Er hatte sein anderes *Ich* gesehen, mit eigenen Augen. Die Natur forderte ihn auf, innezuhalten. Er, der bisher nur gelenkt hatte, sollte zum Denker werden.

Der Arzt wartete geduldig, bis Wilhelm sich wieder gefasst hatte. Schließlich streckte er ihm seine Hand entgegen.

»Wann fangen wir an, Herr Namreh?«

»Anfangen, womit, Herr Doktor?«

»Mit den ersten Sitzungen, natürlich; es ist ein beschwerlichen Weg vom Lenker zum Denker.«

Gerührt drückte Wilhelm die Hand seines Retters.

»Gleich morgen, gleich morgen«, flüsterte er.

Als Wilhelm Namreh am nächsten Morgen die Praxis seines Psychotherapeuten aufsuchen wollte, schoss ihm dieser, laut fluchend, am Lenker seines Fahrrades, auf dem Gehweg entgegen; den Gruß seines Patienten ließ er völlig außer Acht.

Verwundert nahm Wilhelm die Treppenstufen zur ersten Etage, um sich bei der Sprechstundenhilfe zu erkundigen, ob es eine Terminänderung gegeben habe und wohin der Herr Doktor so zeitig am Morgen hineile, auf dem Fahrrad. Seine Verwunderung stieg ins Grenzenlose, als ihm der Arzt persönlich die Tür öffnete.

»Da draußen, auf dem Fahrrad«, stammelte Wilhelm.

»Das war mein alter ego«, vollendete Dr. Lösepein den Satz und geleitete seinen Patienten zur Sitzung.

Unterwegs

Kurt Leise, der routinierte Fahrschullehrer, gab sich gelassen, an diesem Donnerstag, dem üblichen Wochentag, an dem in seinem Bezirk die Fahrprüfungen stattfanden. Für diesen Tag hatte er nur einen Kandidaten angemeldet, zur Prüfungsfahrt, und aus seiner Sicht gab es keinen Grund zur übertriebenen Nervosität.

Sein Schützling, ein junger Mann von achtzehn Jahren, hatte mehr als die durchschnittlich erforderliche Anzahl an Fahrstunden absolviert und bewegte sich fast schon wie ein alter Hase durch den Straßenverkehr.

Aufgrund seiner langjährigen Tätigkeit kannte Kurt alle Fahrprüfungsberechtigten, die in seinem Revier zuständig waren und in Frage kommen konnten, und darüber hinaus waren ihm gerade deswegen, was noch wichtiger war, für seine Schüler wie auch für das Image seiner Fahrschule, alle lieben Angewohnheiten und Marotten dieser edlen Experten gegenwärtig.

Infolgedessen konnte er, sobald der Name des Prüfers feststand, in der Regel zwei bis drei Tage vor den Prüfungsfahrten, all seine Fahrschüler in gezielter Weise ‚einspielen‘, wie er es nannte, auf die gestrengen Hüter der Führerscheine und ihre Präferenzen.

So auch in diesem Fall.

»Der Prüfer, der morgen kommt«, versuchte er am Vorabend seinem einzigen Prüfling ein wenig die Angst zu nehmen, »den kenne ich schon seit Urzeiten. Ein freundlicher alter Herr, nicht allzu streng in seiner Beurteilung; er lässt durchaus auch schon einmal ‚ne Fünf

gerade sein. Eine Besonderheit hat er freilich«, gab Kurt
seinem Schüler noch als Tipp mit auf den Weg, »er hat
es mit den Spiegeln. Vergiss auf keinen Fall, oft genug
in die Rückspiegel zu schauen, vor der Fahrt und auch
während der Fahrt. Darauf legt er gesteigerten Wert.
Wenn du das beachtest, hast du schon zur Hälfte ge-
wonnen.«

Sie warteten gemeinsam an der verabredeten Stelle, vor
dem Straßenverkehrsamt, der Fahrlehrer mit seinem
doch recht nervösen Schützling. Zuvor hatte Kurt, wie
er es immer tat und die Regeln es verlangten, vor einer
Prüfungsfahrt, am Fahrzeug die Schilder, die auf eine
Fahrschule hinwiesen, abmontiert.
   Die Tür des städtischen Gebäudes öffnete sich, und
heraus trat nicht der freundliche ältere Herr, den sie erwartet hatten, sondern ein Mann Mitte dreißig mit
einem schwarzen Vollbart; er kam geradewegs auf sie
zu.
   »Herr Leise, vermute ich«, sprach er Kurt an, »und
das ist unser Prüfling für heute, Herr...?«
   »Ludewig, Knut Ludewig«, ergänzte stotternd der
Fahrschüler.
   »Mein Name ist Kötter«, stellte sich der Bärtige vor,
»ich vertrete Herrn Klucke, meinen Kollegen. Er ist leider verhindert, er ist erkrankt, nichts Ernstliches.«
   Ein unangenehmes Gefühl beschlich den Fahrlehrer
und in noch viel höherem Maße seinen Schüler.
   ›Verdammt‹, dachten beide unisono, ›musste der alte
Knabe ausgerechnet heute ausfallen?‹
   Diesen Vollbart hatte Kurt noch nie gesehen, folglich
konnte er über dessen Marotten, falls er sie denn hätte,
keine Angaben machen.

Er sollte sie aber recht bald kennen lernen, diese Marotten...

Sie nahmen Platz im Auto, ganz in der Ordnung, wie es sich für eine Prüfungsfahrt gehört; der Prüfling mit feuchten Händen am Steuer, der Prüfer frohgemut im Fond und der Fahrlehrer mit leichtem Bauchkribbeln auf dem Beifahrersitz. Bevor der Prüfer das Startsignal für die Fahrt gab, zog er eine Musikkassette aus seiner Jackentasche und überreichte sie dem verdutzten Fahrlehrer.

»Ich sehe, Sie haben ein Abspielgerät in Ihrem Wagen. Sehr vernünftig. Legen Sie diese Kassette bitte einmal ein. Auf diesem Band ist eine phantastische Musik, müssen Sie wissen, gerade das Richtige, um einem Führerscheinkandidaten komplett die Anspannung zu nehmen. Es fährt sich damit einfach leichter. Diese Methode beruht auf Erkenntnissen aus den Vereinigten Arabischen Emiraten; dort hat man verblüffende Ergebnisse damit erzielt, in diesem Wüstenstaat.«

Kurt hatte sich bis zu diesem Zeitpunkt noch gar keine Gedanken darüber gemacht, wie man in den Vereinigten Arabischen Emiraten einen Führerschein erwirbt, er wusste nicht einmal, ob es dort überhaupt Fahrschulen gab, in der Wüste. Auch waren ihm musikalische Berieselungen während einer Prüfungsfahrt und deren therapeutische Wirkungen bisher verborgen geblieben.

›Was soll's‹, dachte er sich, ›man kann ja nicht alles wissen‹.

Einer seiner Lieblingssätze kam ihm in den Sinn, den ihm sein Vater vererbt hatte:

›Man wird alt wie eine Kuh und lernt immer noch dazu.‹

Mit einem verstohlenen Blick zum Prüfling legte er die Kassette ein. Aus dem Autoradio ertönte eine marschähnliche Musik mit einem originellen Text, gesungen von einem Frauenchor, dessen stimmliche Qualitäten wohl schon einmal bessere Zeiten erlebt hatten: »Auf dem Wege nach Aschaffenburg, Aschaffenburg, am Main«, begann der bezaubernde Text, »da brachen alle Affen durch, und das war gar nicht fein.«

Kurt wagte es nicht, zu seinem Schüler hinüber zu schauen, und auch dieser vermied den direkten Blick. Beide starrten geradeaus, während sich die Farben ihrer Gesichter verfärbten, zu einem Rot, das einem Mediziner Angst eingejagt hätte.

Krampfhaft bemühten sich Fahrlehrer und Schüler, nicht loszuplatzen, vor Lachen.

Aus dem Radio erklang die Wiederholung der ersten Zeilen, die offensichtlich den Refrain zu diesem orientalischen Beruhigungswunder darstellten.

Aus dem Hintergrund des Autos erklang das Startsignal. Mit nervöser Hand betätigte der Prüfling den Zündschlüssel und startete den Wagen; sodann blickte er, wie sein Lehrer es ihm eingeschärft hatte – wenn auch für die Marotten des alten Prüfers, aber es konnte ja nicht schaden – mehrfach in beide Rückspiegel, und schon schoss der Wagen los, mit einer ruckartigen Bewegung, die Fahrlehrer und Prüfer wie bei einem Formel Eins Start in die Sitze drückte.

»Nur Geduld, junger Mann«, erklang es von hinten, »es reicht schon, wenn die Affen durchbrennen, wir müssen das nicht nachahmen.«

111

Nachdem es dem jungen Prüfling so einigermaßen gelungen war, den Wagen unter Kontrolle zu bringen, klang das Lied der durchgebrannten Affen aus. Während Kurt noch darüber sinnierte, was als nächstes in den Vereinigten Emiraten hoch im Kurs stand, ertönte das gleiche Lied von neuem aus den Lautsprechern.

›Das kann doch wohl nicht wahr sein‹, dachte Kurt, der Fahrlehrer, ›was haben wir uns denn da für einen eingefangen? Der hat doch wohl 'nen Vogel‹.

Dem Prüfer musste die Bestürzung und die Sprachlosigkeit des Fahrlehrers aufgefallen sein.

»Da staunen Sie aber, was? Immer das gleiche Lied. Auf der Kassette ist nur dieses eine Lied, eine Rundumeinspielung als Durchlaufband. Hier ist Psychologie im Spiel, reine Psychologie. Damit hätten Sie nicht gerechnet, was?«

»Die nächste rechts, bitte!« erging die Aufforderung an den entnervten Prüfling.

Dem Fahrlehrer wollte nicht so ganz einleuchten, was es mit Psychologie zu tun hatte, die Affen auf einer Rundumschleife nach Aschaffenburg zu jagen, und das während einer Fahrprüfung. Aber bitte sehr, er war ja nicht der Experte, der Seelenheiler, und er war schließlich auch noch nicht in den Emiraten gewesen. So fuhren sie denn weiter, mit den Aschaffenburger Affen im Gepäck.

Nachdem sie so eine gute halbe Stunde geradeaus gefahren waren, weil seit diesem Zeitpunkt keine weitere Weisung aus dem Fond des Wagens an den Lenker ergangen war, blickte der Fahrlehrer in den Rückspiegel an der Beifahrerseite.

Was er zu sehen bekam, hätte ihn vor Schreck fast zu einer Vollbremsung veranlasst, mit dem Reservebremspedal.

Der bärtige Prüfer dirigierte mit beiden Händen, so schien es, eine unsichtbare Musikkapelle, genau im Marschtakt des Aschaffenburgliedes; hierbei trug er einen Gesichtsausdruck zur Schau, als stünde er vor den New Yorker Philharmonikern, und seine Lippen formten unhörbar jede einzelne Zeile des schönen Liedes mit. Der Fahrlehrer wandte vorsichtig den Kopf nach hinten, um den Prüfer in die Welt des Alltages zurück zu zuholen, als er plötzlich bemerkte, dass sie von einem Streifenwagen der Polizei überholt wurden.

Der Polizeiwagen setzte sich direkt vor das Fahrschulauto und verlangsamte die Fahrt; unmittelbar darauf wurde aus dem rechten Seitenfenster eine rote Kelle herausgehalten. Das Polizeifahrzeug kam sanft zum Stehen, während der folgende Wagen dieses mit einem Ruck tat, wobei er fast die Stoßstange des vorderen berührte.

Zwei Polizeibeamte stiegen aus, setzten ihre Dienstmützen auf und kamen auf das Auto von Kurt zu.

Die Affen von Aschaffenburg waren immer noch auf Tour. Mit zitternden Händen drehte der Fahrer die Fensterscheibe herunter.

»Ihren Führerschein, bitte!« ertönte es ihm im Befehlston entgegen.

»Ich habe keinen Führerschein, noch nicht«, klang es kleinlaut vom Fahrersitz.

»Er hat noch keinen Führerschein«, mischte Kurt sich ein, »er macht ihn gerade. Wir sind auf der Prüfungsfahrt.«

»Soso, auf einer Prüfungsfahrt«, entgegnete der Polizeibeamte in einem Tonfall, mit dem man Personen behandelt, die man für nicht richtig im Kopf hält. »das sehen wir, das sehen wir genau. Und das da hinten im Wagen ist bestimmt der Fahrprüfer?« wies er auf den bärtigen Taktstockzauberer, der mittlerweile sein Dirigat lautstark stimmlich begleitete.

»Zeigen Sie mal Ihren Führerschein!« fuhr der zweite Polizist, der sich an der Beifahrerseite postiert hatte, den Fahrschullehrer an.

Ohne zu zögern, zog Kurt das Dokument aus der Tasche und übergab es dem Ordnungshüter.

»Das ist kein Führerschein, das ist nur eine Fahrlehrerlizenz. Das reicht nicht. Ich brauche Ihren Führerschein.«

Au Backe.

Kurt wühlte in all seinen Taschen, wurde aber nicht fündig. Wie sollte er auch, denn einen Führerschein hatte er so gut wie nie dabei, denn er war ja Fahrlehrer und hatte ein Auto, auf dem diese Tatsache auch noch schwarz auf weiß vermerkt war, in dicken Lettern, außer bei Prüfungsfahrten. Einen Führerschein hatte er schon seit ewigen Zeiten nicht mehr vorweisen müssen.

»Und Sie, lieber Freund, Ihren Führerschein, bitte«, wandte sich der erste Polizist behutsam an den Mann im Fond, nachdem er den Fahrer zuvor angewiesen hatte, den Affen aus Aschaffenburg eine Pause zu gönnen. »wissen Sie, lieber Mann, das ist so eine kleine Karte mit ganz vielen Zahlen darauf.«

Der Herr der Fahrlizenzen wurde wütend, aufgrund dieser Frage oder weil die Musik nicht mehr zu hören war, das ließ sich nicht genau erkennen.

»Was erlauben Sie sich? Ich habe mehr Führerscheine ausgestellt, in meiner Laufbahn, als Sie einkassiert haben. Ich bin schließlich Prüfingenieur.«

Voller Wut hielt er dem Beamten seine Lizenz unter die Nase, die Lizenz zum Prüfen.

»Das ist auch kein Führerschein, mein Herr«, knurrte der Polizist, nachdem er das Dokument studiert hatte, »jetzt habe ich es aber satt. Alle aussteigen, sofort!«

Unmittelbar darauf fanden sich alle drei, der Fahrschüler, der Prüfer und Kurt Leise, der Fahrlehrer, im geräumigen Polizeiwagen wieder. Während einer der Beamten sie nacheinander in ein kleines Röhrchen pusten ließ, benachrichtigte sein Kollege über Funk ihre Dienststelle.

»Hört mal, Kollegen, wir haben hier ein merkwürdiges Fahrzeug festgesetzt, mit drei bunten Vögeln; sie behaupten, sie seien auf einer Fahrprüfungsfahrt, haha. Keiner von den Brüdern hat 'nen Lappen, aber sie sind auf Prüfungsfahrt, hahaha.«

Aus dem Funkgerät erklang überdeutlich, dass die Beamten auf der Dienststelle teilnahmen, an der Heiterkeit ihrer Kollegen.

»Dann bringt sie mal auf die Wache«, klang es, als sich alle Polizisten ausgelacht hatten, »wir werden hier mit ihnen eine Prüfungsfahrt veranstalten, an die sie sich noch lange erinnern werden.«

Nachdem die beiden Beamten den Fahrschulwagen sichergestellt hatten, wurde alle drei ›Prüfungsfahrer‹ in Handschellen zur Polizeiwache gebracht. Zum Glück konnte der Fahrlehrer von dort aus seine Ehefrau verständigen; mit einer Verzögerung von zwei Stunden brachte diese den Führerschein Kurts zur Wache, nachdem sie ihn nach endloser Suche in einer uralten Jacke, die für die Altkleidersammlung bestimmt war, aufgestöbert hatte.

Auch dem Hüter der Führerscheine selbst konnte geholfen werden. Ein Anruf bei seiner Behörde brachte ans Licht, dass er tatsächlich der Prüfingenieur war, für den er sich ausgegeben hatte, wenn es auch alle Polizeibeamten, und nicht nur diese, kaum glauben wollten. Er besaß auch eine Fahrerlaubnis, aber von der machte er so gut wie nie Gebrauch.

»Isch abe gar kein Auto«, erklärte er den verdutzten Polizisten mit einem hinreißenden Augenaufschlag.

Noch auf der Wache stellte der Prüfer sodann dem Prüfling den ersehnten Führerschein aus, unter den Jubelrufen der gesamten Wachenbesetzung. Dieses Dokument hatte er sich nach Meinung aller redlich verdient.

Für den ehemaligen Fahrschüler wie auch für seinen Fahrlehrer hatte denn auch der gesamte Zwischenfall keine weiteren Konsequenzen, außer der, dass Kurt Leise in Windeseile das Radio samt Kassettenrekorder aus seinem Wagen ausbaute.

Gegen den musikalischen Prüfingenieur jedoch wurde von seiner Dienststelle eine drastische Maßnahme verhängt. Für die Dauer eines Jahres durfte er nur noch Führerscheine in erheblich reduzierter Form erteilen. In dieser Zeit stellte er nur Fahrberechtigungen für eine einzige Art von Fahrzeugen aus:

für Dampfwalzen.

Die Frau ohne Rhythmus

Gemeinsam nahmen sie Unterricht, seit einiger Zeit schon, und besuchten den gleichen Kurs an einer Musikschule, die beiden Damen im reiferen Alter, Hausnachbarinnen und Freundinnen zugleich. Das Instrument, das es zu erlernen galt, war ein so genanntes Keyboard, von der Anlage her ein Tasteninstrument nicht unähnlich demjenigen, welches zu Mozarts Zeiten unter dem Namen Spinett fungierte und später dann vom Klavier bis in die heutige Zeit abgelöst wurde.

Ein wesentlicher Unterschied, der im ständigen Fortschritt der technischen Revolutionen zu sehen ist, besteht jedoch zwischen Spinett und Klavier auf der einen und einem Keyboard auf der anderen Seite. Während die beiden Vorläufer die Musik noch von Hand gemacht hergaben, kommt ein Keyboard ohne die Zufuhr von elektronischer Energieunterstützung nicht mehr aus. Dafür produziert das letztere Töne, die in der Lautstärke beliebig zu variieren sind und die moderneren dieser Instrumente verfügen darüber hinaus noch über einen besonderen Zusatzeffekt; einen Rhythmusgeber, der dem Ausübenden Takt und Rhythmus des beabsichtigten Musikstücks vorgibt; ein Vorteil, den nicht wenige Tastenfreunde zu schätzen wissen.

Die beiden Damen zeigten sich fleißig und lernwillig, im Unterricht, an den schuleigenen Instrumenten wie auch daheim, nur mit dem Unterschied, dass die Jüngere der beiden das Erlernte mangels eigenem Keyboard am Klavier, die Ältere hingegen auf ihrem elektronischem Instrument umsetzte, welches jedoch als älteres

Modell noch nicht mit einer Rhythmusunterstützung ausgerüstet war.

Auf diese Weise waren beide Musikschülerinnen eingeschränkt, die eine mehr, die andere weniger; die eine hatte Strom, aber keinen Takt, die andere verfügte weder über Strom noch Takt.

Gleichwohl übten die Damen mit Eifer, in ihren Wohnungen, und da das Gebäude nicht den besten Schallschutz aufwies, hatten ihre Ehegatten wie auch die anderen Hausbewohner von Zeit zu Zeit das Vergnügen, dasselbe Musikstück zeitgleich vom Klavier sowie von einem elektronisch verstärkten Instrument zu genießen.

Es ging auf Weihnachten zu, und die jüngere Schülerin wünschte sich zum Fest nichts sehnlicher als ein Keyboard.

Unterstützung erhielt sie bei diesem Wunsch von der Musiklehrerin, die befand, dass auf Dauer das Üben auf dem Piano doch nicht der Weisheit letzter Schluss sei, wolle man nicht einen Lernverlust in Kauf nehmen.

Rückhalt in dieser Frage bot ihr auch der eigene Ehemann; ein Mann, der zwar von Musik nicht viel verstand und nicht einmal Noten lesen konnte, der es aber begrüßte, dass seine bessere Hälfte in die Tasten griff, damit diese später einmal eine vernünftige Beschäftigung habe, wie er glaubte, sobald sie beide das rentenfähige Alter erreicht hätten. So wurde denn dem Wunsch Rechnung getragen und ein nagelneues Keyboard für das Weihnachtsfest geordert.

Als die Ältere der Beiden erfuhr, welches Geschenk ihrer musikalischen Schwester ins Haus stand, wurde sie unverzüglich bei ihrem Ehemann vorstellig.

»Mein lieber Arthur«, säuselte sie und umgarnte ihren Mann wie zu Zeiten, als dieser einst um sie freite, eine Fähigkeit, welche die meisten Ehefrauen bis ins hohe Alter beibehalten, wenn sie etwas durchsetzen wollen, »weißt du, was meine Freundin und Musikpartnerin zu Weihnachten geschenkt bekommt?«

Arthur wusste es nicht, aber er konnte es sich denken, nichtsdestotrotz stellte er sich unwissend.

»Und was soll das sein, Schätzchen?« fragte er zurück, »eine Harfe vielleicht?«

»Du Blödmann, wir nehmen doch keinen Harfenunterricht!«

»Oder gar ein Alphorn?« rätselte Arthur weiter, »Das böte sich ja direkt an, da unsere Wohnungen nebeneinander liegen, ließe sich das Horn doch über beide Flure legen und ihr könntet es zusammen nutzen, indem ihr wechselweise da hinein blast.«

»Arthur, du spinnst wohl! Außerdem hat ein Alphorn ja nicht zwei Ausgänge sondern einen Ein- und einen Ausgang.«

»Dann könntet ihr das Horn ja von Zeit zu Zeit mal umdrehen«, flachste der Mann weiter.

»Arthur! Hör auf mit dem Quatsch. Sie kriegt ein Keyboard, ein ganz neues Instrument, mit allen Schikanen. Ich will auch so eines.«

»Aber Lilli, du hast doch ein Keyboard«, stellte ihr Mann nüchtern fest.

»Aber *ohne Rhythmus!* Meines hat keinen Rhythmus. Verstehst du das denn nicht?«

Arthur verstand nur zu gut.

Eine unerwartete, eine Sonderausgabe, drohte sich an, kurz vor dem Fest, in einer Zeit, in welcher der Euro noch weniger wert war als sonst, da er in der Vorweihnachtszeit sehr locker in der Tasche saß. Zudem hatte er bereits eingeplant, seine Frau mit einem eigenen kleinen Zweitfernseher zu überraschen, damit sie ihm nicht andauernd in seine Sportsendungen hineinquatschte.

Dieses allerdings konnte er ihr schlechterdings nicht mitteilen, so versuchte er es auf dem diplomatischen Wege.

»Hör mal zu, Schatz«, war es nun an ihm, zu säuseln, »wie wäre es, wenn wir erst einmal abwarten, bis das neue Keyboard unserer Nachbarin eingetroffen ist, und du es dir in Ruhe einmal anschaust. Du darfst bestimmt auch einmal Probe spielen, das erlaubt sie sicher, deine Musikschwester. Danach können wir noch immer in Ruhe entscheiden, ob wir das gleiche Gerät oder ein anderes kaufen werden. Außerdem, Schätzchen«, fügte er hinzu, »sind die Instrumente nach Weihnachten garantiert wieder preiswerter.«

›Damit liegt er gar nicht so falsch, mein Männe‹, dachte Lilli, ›warum auch nicht? Die paar Tage kann ich ja noch warten, und nach dem Fest sind solche Anschaffungen wirklich meist preisgünstiger.‹

»Aber eines, das sage ich dir«, drohte sie ihm scherzhaft mit dem Finger, »wenn du mir dann immer noch kein Keyboard kaufst, dann verpflichte ich dich höchstpersönlich als meine Rhythmusmaschine, dann machst du mir den Rhythmus, wenn ich spiele.«

Arthur versprach seinem Weib, dieses in die Tat umzusetzen, wenn es denn nun gar nicht anders ginge; vorerst jedoch hatte er erst einmal seine Ruhe, dachte er erleichtert, sollte das Weihnachtsfest vorüber sein, fände sich bestimmt noch eine andere Lösung.

Das Fest war vorüber, und die Jüngere der beiden Freundinnen übte fleißig auf ihrem weihnachtlichen Geschenk, einem elektronischen Tasteninstrument, das mit einem phantastischen Rhythmusgeber ausgestattet war. Ob Rumba, Samba oder Bossa Nova, sämtliche Rhythmen, die auf diesem Planeten existierten, gab das neue Instrument her, und es war für alle Bewohner des hellhörigen Gebäudes eine reine Freude, sich von diesen schönen Musikstücken, die mit flinken Fingern auf die Tasten gezaubert wurden, verwöhnen zu lassen.

So vernahmen auch Lilli und ihr Gatte diese von wunderschönen Rhythmen begleiteten Töne, und eines schönen Abends drangen nicht nur diese sondern auch die klagende Stimme seines Weibes an Arthurs Ohren.

»Du hast es mir versprochen«, jammerte sie, »ich frage dich, wo bleibt mein neues Keyboard?«

»Aber Lillimaus, du hast doch deinen neuen Fernseher.«

»Was nutzt mir der neue Fernseher, der ersetzt mir noch lange keinen Rhythmus.«

»Schatz, was soll ich machen, unser Budget ist erschöpft, zumindest vorerst.«

Wohl oder übel musste sich Lilli diesem Argument beugen, denn Schulden machen für ein Musikinstrument, das wollte sie auch nicht.

Mit listigen Augen jedoch blickte sie ihren Gemahl an.

»Nun gut, Arthur, was nicht geht, geht nicht. Dafür hast du mir aber etwas anderes versprochen.«

»Was denn, mein Schatz?« dachte Arthur spontan an eine Erhöhung des Kontingents der ehelichen Pflichten, »sollen wir sofort?«

»Nicht, was du denkst, Arthur«, brachte sie ihn wieder auf den Boden der Realität zurück, »nein, sag mal, hast du mir nicht was anderes versprochen? Du wolltest mein Rhythmusgeber sein, meine Rhythmusmaschine, erinnerst du dich?«

»Aber Lillischatz, das war doch ein Scherz! «

Lillischatz aber verstand diesen Scherz nicht so, wie Arthur es erwartet hätte, und ab sofort wurde er von seiner Frau in die Pflicht genommen, da kannte sie keinen Spaß. Eine solche Pflicht hatte er sich in der Tat nicht träumen lassen.

Von diesem Zeitpunkt an trommelte er, was das Zeug hielt, um seiner Frau mit dem richtigen Rhythmus beizustehen; zuerst auf einer kleinen eigens dafür notdürftig umfunktionierten Konservendose, später, als die Schwielen an den Händen überhand zu nehmen drohten, erlaubte ihm Lilli die Anschaffung einer kleinen kunststoffbezogenen Rundtrommel.

Nach einer weiteren Zeitspanne willigte sie ein, Keyboard und Trommel im Schlafgemach zu deponieren, damit sich ihr Arthur nach allzu anstrengenden Rhythmen ein wenig auf dem ehelichen Lager niederlegen konnte, aber nur zum Ausruhen, wie sie betonte.

Nach übereinstimmender Aussage der Hausbewohner hat sich Lilli mittlerweile so sehr an ihren nichtelektronischen Rhythmusgeber gewöhnt, dass sie ihn gar nicht mehr missen möchte, und daher hat sie kundgetan, im gesamten Hause, dass sie auf den Kauf eines neuen Keyboards gänzlich verzichtet, das alte tut es doch noch, und der Alte auch.

Man munkelt bereits, dass sie demnächst auf Tournee gehen wollen, Lilli und ihr Arthur, in dieser Formation.

Die relative Schönheit

Als Gisela Radebeck, eine Frau Ende Zwanzig, in den Spiegel schaute, hätte sie fast der Schlag getroffen. Was sie dort erblickte, konnte unmöglich ihr eigenes Gesicht sein, so hatte sie sich diese Veränderung im Traum nicht vorgestellt.

Vor kurzer Zeit hatte sie ihn gewagt, diesen Schritt, und sich einer so genannten Schönheitsoperation unterzogen; einem kleinen chirurgischen Eingriff, um die Linien ihres Konterfeis ein wenig nachzuziehen, wie sie meinte, und hierbei gleichzeitig ihre etwas zu lang geratenes Riechorgan zu einer hübschen Stupsnase verändern zu lassen. Eigentlich hatte sie diesen Eingriff gar nicht nötig, da sie mit ihrem bisherigen Gesicht durchaus zufrieden war, doch bei einem solchen Angebot, da konnte man einfach nicht widerstehen.

Gisela war Angestellte einer größeren Klinik, die es sich zur Aufgabe gemacht hatte, menschliche Gesichter in allen Varianten zu verschönern. Sie hatte allerdings ihren Arbeitsplatz nicht im direkten medizinischen Bereich, sondern in der Verwaltung, die nun auch einmal dazu gehört, zu solch einer Einrichtung und einen nicht unwesentlichen Bestandteil bildet, da hier alle Rechnungen für die nicht gerade unbetuchten Patienten verfasst werden. Auf Grund ihrer unbestreitbaren Erfolge in der Schönheitschirurgie hatte die Klinik einen phantastischen Ruf, weit über die Grenzen des Landes hinaus, und der etwas rustikale Slogan, der da lautete:

›Bringt Ihre Visage Sie in Rage,
für wenig Gage, weg mit der Blamage!‹
verfehlte seine Wirkung nicht, denn die Termine waren auf Monate hinaus ausgebucht.

Nachdem die Schönheitsklinik auf diese Art in den letzten Jahren beträchtliche Einnahmen mit satten Gewinnen erzielt hatte, wurden seitens der Geschäftsleitung Überlegungen angestellt, wie man sich einerseits ein außergewöhnliches soziales Image zulegen sowie gleichermaßen damit Werbung betreiben könnte, und so verfiel man auf den Gedanken, einen Teil des Gewinnüberschusses an die eigenen Mitarbeiter zurückfließen zu lassen. Allerdings hatte man nicht die Absicht, dieses auf direktem Wege in harter Währung vorzunehmen, sondern die Überschusse quasi als Naturalien zu vergüten, indem man den Mitarbeitern Nachlässe anbot, sauber gestaffelt nach Art der Tätigkeit in der Klinikhierarchie; Rabatte, für Gesichtsoperationen, die im eigenen Haus durchgeführt wurden.

Der Vorschlag stieß bei den Mitarbeitern auf einhellige Begeisterung, obwohl bei den meisten eine solche Verschönerung gar nicht erforderlich war.

Da man jedoch nicht alle auf einmal behandeln konnte, mussten Wartelisten aufgestellt werden, bevor das allgemeine Gesichtsschnippeln beginnen konnte, so groß war der Andrang auf eine Leistung, die zum Billigtarif geboten wurde, dazu noch in der eigenen Klinik.

Auf diese Weise hatte auch Gisela Radebeck Gebrauch gemacht, von dem großzügigen Angebot, und sie war eine der Ersten, die in den Genuss kam, sich von ihrem Arbeitgeber das Antlitz verschönern zu lassen, doch das Resultat, welches sie zu Gesicht bekam, nachdem der Chefarzt persönlich ihr behutsam die Verbände abgenommen hatte, übertraf all ihre Erwartungen, in *negativer* Hinsicht.

Das, was sie da aus dem Spiegel anblickte, war ein Gesicht, welches an Hässlichkeit das einer alten Kräuterhexe übertraf und sich absolut nicht mit dem Image einer renommierten Schönheitsklinik in Einklang bringen ließ. Nein, in der Tat, eine solche Visage war keine Meisterleistung, und so etwas würde sie nicht hinnehmen, auch wenn sie nicht den vollen Preis dafür zu entrichten hatte.

»Herr Doktor Mühlbach«, keuchte sie nach dem ersten Schock, »was haben Sie getan? Was haben Sie mit meinem Gesicht gemacht? Das da, das bin nicht ich. Sagen Sie mir, dass ich das da nicht bin!«

»Aber beruhigen Sie sich doch, Frau Radebeck«, entgegnete der Arzt seelenruhig, »ganz so schlimm ist es nun auch nicht. Außerdem, ich verstehe Sie nicht, Sie haben doch einen Nachlass bekommen, was wollen Sie denn für den Preis noch mehr verlangen?«

»Wie bitte? Sie scherzen, einen Nachlass sagen Sie, für so eine Schnauze?«

»Na, ja, wenn Sie darauf bestehen, kann ich ja noch einmal mit der Geschäftsleitung nachverhandeln, über den Hausrabatt, in Ihrem Fall.«

»Nachverhandeln? Das kann doch wohl nicht wahr sein«, schluchzte die Patientin entnervt, »ich will mein altes Gesicht wiederhaben. Ich kann doch so nicht unter die Leute treten, ich kann nicht einmal in die Buchhaltung zurückkehren und meine Arbeit wieder aufnehmen, mit dieser Visage.«

»Das sollen Sie ja auch nicht, liebe Frau Radebeck, das sollen Sie ja auch nicht. Ja, hat man Sie denn vorher nicht informiert, über die Besonderheit dieser Operation?« zeigte sich der Arzt erstaunt.

»Was für eine Besonderheit? Man hat uns nur gesagt, dass wir einen Rabatt bekommen, wenn wir uns hier im Haus operieren lassen.«

»Das ist auch vollkommen richtig, Frau Radebeck, doch da liegt offenkundig ein Missverständnis vor. Natürlich wird Ihnen dieser Nachlass gewährt, wie von der Geschäftsleitung versprochen, Ihnen und auch allen anderen. Doch dieser Rabatt ist natürlich mit einem gewissen Entgegenkommen, einem Engagement Ihrerseits verbunden, und wir erwarten natürlich, dass Sie sich daran halten.«

»Was für ein Entgegenkommen, was für ein Engagement?« stammelte Gisela Radebeck entsetzt und riss die Augen soweit auf, wie es die Operationsnarben zuließen.

»Ja, wissen Sie, das ist so«, erklärte der Arzt freundlich, »bei diesen Operationen am eigenen Personal haben wir uns von dem so genannten *vorher nachher Prinzip*, wie man es von der Werbung für Schlankheitspräparate her kennt, inspirieren lassen. Wenn wir schon unserem Personal zu reduzierten Preisen diese Operationen angedeihen lassen, warum soll nicht unsere Klinik selbst davon profitieren, indem sie die Ergebnisse dieser Behandlungen zu Werbezwecken einsetzt.«

Gisela Radebeck fühlte sich einer Ohnmacht nah.

»Sie kennen doch diese *vorher nachher* Fotos aus der Schlankheitswerbung«, fuhr der Arzt ungerührt fort, »und wissen Sie, was den Erfolg dieser zugegeben etwas drastischen Werbung ausmacht? Der Kontrast ist es, liebe Frau, nur der Kontrast. *Ein* Foto allein würde keine Wirkung erzielen, aber dieser Gegensatz zwischen den beiden Zuständen ist es, zwischen *vorher und nachher*, der den gewünschten Erfolg bringt. Ich sehe schon« geriet er ins Schwärmen, »die Patienten aus allen Erdenwinkeln auf uns zuströmen, bei diesem Werbefeldzug. Wir werden expandieren müssen.«

»Und zu diesem Zeck haben Sie mich ›*vorher*‹ operiert?« stammelte Gisela, bevor ihr endgültig die Sinne schwanden.

»Genau so ist es, Frau Radebeck, Sie haben's erfasst. Und, sagen Sie mal ehrlich«, zwinkerte er der leblos da liegenden Patientin ein Auge zu, »ist Schönheit nicht eigentlich relativ?

Nachwuchssorgen

Die beiden älteren Herren bewegten sich langsam und ein wenig schlurfend vorwärts, quer über den Platz, auf die Apotheke zu. Der Ausdruck ältere Herren war eigentlich geschmeichelt, sie waren in der Tat schon etwas mehr als solche, eigentlich waren es Greise, die da ihren Weg nahmen; Hektor Winkelschrot und sein Bruder Ottokar, der erstere im stolzen Alter von einundachtzig Jahren, der andere zwei unwesentliche Jahre jünger.

Hektor war vor kurzem zum ersten Male Urgroßvater geworden, seine älteste Enkeltochter hatte einen Sohn bekommen und ihn damit in diesen ehrenvollen Status versetzt; darüber hinaus war er bereits mit einer reichen Enkelschar gesegnet. Auch Ottokar war schon seit einiger Zeit Großvater von zahlreichen Enkelkindern, im zweistelligen Bereich gar, doch das erste Urenkelkind ließ noch auf sich warten.

Als die beiden Brüder zur Apotheke hinüberschauten, sahen sie den Inhaber derselben draußen stehen, auf einer kleinen Treppe, die zu seinem Ladenlokal führte.

Dieser Apotheker, ein Mann gegen Ende Fünfzig, war ein im gesamten Viertel bekannter und gefürchteter Zeitgenosse. Eigentlich hatte er ursprünglich Arzt werden wollen, doch dieses war ihm aus irgendwelchen Gründen versagt geblieben. Diesen seinen stillen unerfüllten Wunsch merkte man ihm an, wenn man bei ihm ein Rezept für ein Medikament vorlegte und er es sich in keinem Fall nehmen ließ, die Dosierungsanweisung und Darreichungsform, die einem der behandelnde

Arzt zuvor erklärt hatte, genau zu wiederholen, laut und deutlich, mit nachdrücklichen Worten.

So hatte man als Kunde dieser Apotheke das exklusive und wohl einmalige Vergnügen in der ganzen Stadt, innerhalb kürzester Zeit über den Gebrauch der verschriebenen Medizin zweimal aufgeklärt zu werden. Darüber hinaus war der Apotheker, wie gesagt, im gesamten Ortsteil bekannt und wurde von den Leuten wie eine Art Dorf- oder Vorortbürgermeister angesehen.

Sein Wort hatte hier ein ungemeines Gewicht, und wenn er auf der Treppe vor seiner Apotheke stand, mit einem Blick wie ein Feldherr, so hatte das durchaus etwas Majestätisches an sich. Von diesem Standort aus hatte er den gesamten Platz unter Kontrolle, und seinem geschärften Auge entging nichts, aber auch nicht die geringste Kleinigkeit.

Nun stand er gerade wieder auf dieser Treppe, wie ein Kapitän auf der Kommandobrücke seines Schlachtschiffes, und die beiden Alten, die sich langsam näherten, waren davon gar nicht angetan.

»Verdammt, da steht dieser elende Pillendreher schon wieder draußen«, knurrte Hektor, »hat der Kerl denn eigentlich nichts anderes zu tun?«

»Da hast du Recht«, pflichtete Ottokar ihm bei, »der Blödmann steht immer draußen und macht eine Show, dass der ganze Platz aufmerksam wird. Ausgerechnet jetzt, in einer so delikaten Angelegenheit, in der wir uns an ihn wenden wollen, muss er wieder hier herumstehen!«

Der ›Blödmann‹ begrüßte die Ankommenden laut und überschwänglich, genau, wie sie es befürchtet hatten. Mit sanfter Gewalt drängten ihn die beiden Alten in seinen Laden zurück und traten ein, in die leere Apotheke.

»Meine Herren, was kann ich für Sie beide tun?« fragte der Herr der Pillen mit jovialem Lächeln, »Wie steht es denn mit dem Befinden? Wenn ich Sie so vor mir sehe, Sie beide, wie das blühende Leben, dann stelle ich mir das Alter sehr schön vor, ausgesprochen schön.«

Der Mann hinter der Ladentheke ließ sein knatterndes Lachen erschallen, er lachte gern über seine eigenen Witze. Die beiden alten Brüder blieben ernst. Schließlich fasste sich der Ältere ein Herz.

»Lieber Herr«, begann Hektor etwas unsicher, »wir kommen in einer speziellen ganz delikaten Angelegenheit zu Ihnen. Wir brauchen da so ein Pülverchen, wie heißt das noch gleich, Niagara?«

»Viagra, Hekki«, korrigierte Ottokar seinen Bruder.

»Ach ja, Viagra, so heißt das Zeug. Haben Sie ein solches Medikament?«

Der Apotheker starrte die beiden Alten an, als wollten sie sich bei den Olympischen Spielen anmelden, zum Hundert Meter Lauf.

»Viagra!« rief er ungläubig, »Mit Verlaub, meine Herren, das ist ein Mittel zur Steigerung der sexuellen Potenz! Entschuldigen Sie bitte, aber will einer von Ihnen dieses Präparat gar selbst anwenden?«

Er schien losplatzen zu wollen, vor Lachen, doch dann besann er sich eines besseren und sein Gesicht nahm einen freundlichen, verständnisvollen Ausdruck an.

»Ah, ich verstehe. Gehe ich Recht in der Annahme, dass Sie dieses Mittel für jemand anderen besorgen sollen? Man hat Sie geschickt, geben Sie es ruhig zu. Einer Ihrer Söhne, nicht wahr? Ja, da haben wir es wieder, es ist immer dasselbe mit diesen Männern in der Midlifecrisis, nichts funktioniert mehr so richtig, aber nach außen hin spielen sie den wilden Mann, und wenn es gar nicht mehr weiter geht, dann muss Viagra helfen. Und weil es diesen Herren wegen ihrer Männlichkeit zu peinlich ist, schicken sie lieber ihre alten Väter.«

Nun konnte er nicht mehr an sich halten, und legte los, mit einem unglaublich lauten knatternden Lachen, das trotz der geschlossenen Ladentür bis weit draußen auf den Platz zu hören war. Die beiden Greise lachten noch immer nicht und warteten höflich ab, bis sich der Viagrahändler ausgeknattert hatte.

»Sie haben Recht, lieber Freund«, bestätigte Ottokar, »man hat uns hierhin geschickt, zu Ihnen, in dieser Sache; aber nicht einer unserer Söhne, wie Sie vermuten, sondern unser Vater.«

Bei diesen Worten fiel dem Apotheker fast die Brille, die er abgenommen hatte, um sie gegen das Licht zu halten, aus der Hand.

»Habe ich richtig gehört? Ihr Vater? Sie scherzen wohl, ein kleiner Scherz im biblischen Alter, was. Eine Methusalemposse, nicht wahr? Aber hören Sie mir zu, bitte. Dieses ist bei aller Heiterkeit kein Grund zum Lachen. Viagra ist ein Medikament, wenn Sie so wollen, und damit treibt man keinen Spaß.«

»Wir wollen auch keinen Spaß damit treiben«, entgegnete Ottokar kühl, »und der Einzige, der hier darüber lacht, das sind Sie. Nein, wir wollen es kaufen, dieses verdammte Pulver, verstehen Sie, für unseren Vater.«

»Ja, für Daddy«, bekräftigte Hektor, »er braucht das Zeug.«

Der Apotheker hatte seine Fassung noch nicht wiedererlangt.

»Aber meine Herren«, rief er entgeistert, »wenn ich Sie beide hier vor mir sehe, ich meine damit, so in Ihrer äußeren Erscheinung, verzeihen Sie bitte meine direkte Ausdrucksweise, dann kann ich doch nicht umhin, erkennen zu müssen«, rang er nach Worten, »dass Sie selbst nicht mehr die Jüngsten sind, eher das Gegenteil ist doch der Fall, da stimmen Sie mir doch zu? Und wie alt, so frage ich mich jetzt, muss dann Ihr Daddy sein, pardon, Ihr Herr Vater; wie alt wird der erst sein?«

»Er wird nicht sein, er ist hundert Jahre alt«, erwiderte Ottokar ungerührt. »Hören Sie, unser Vater hat vor zwei Wochen seinen hundertsten Geburtstag gefeiert, in allen Ehren, mit der gesamten Verwandtschaft und all seinen Freunden. Sogar der Pastor war dabei. Na ja, all seine Freunde ist vielleicht übertrieben, eigentlich war gar keiner seiner alten Freunde dabei, die hat er ja alle überlebt. Aber wie dem auch sei, er hat einen schönen Geburtstag gefeiert, und wir wollten ihm nachträglich dieses Viagra, dieses Aufputschmittel zu seinem Hundertsten schenken. Er wartet schon sehnsüchtig darauf!«

»Aber wozu denn dieses Mittel, meine Herren«, stammelte der Apotheker, »einem Mann in diesem Alter? Was sagt denn, wenn ich fragen darf, Ihre Frau Mutter dazu?«

»Mit unserer Mutter hat das Ganze nichts zu tun. Sie ist schon vor zehn Jahren gestorben, Gott habe sie selig. Nein«, fuhr Ottokar fort, »es verhält sich folgendermaßen. Unser Vater hat uns allen, der ganzen Verwandtschaft, am Tage seines Geburtstages seine neue Frau vorgestellt, unsere Stiefmutter. Sie ist erst dreiunddreißig Jahre alt und er hat sie heimlich, ohne unser aller Wissen, vor einigen Monaten geheiratet. Und stellen Sie sich vor, welches Glück uns widerfahren ist, sie ist sogar schon schwanger, wir bekommen ein Schwesterchen, Hektor und ich, in unserem Alter! Das war vielleicht eine Überraschung, als wir davon erfuhren!«

Der arme Freund der Pillen wusste nicht, ob er weinen oder lachen sollte, über eine derartige Mitteilung.

»Sie ist schwanger, seine Frau, Ihre Stiefmama, ich meine, die Frau Ihres hundertjährigen Vaters, von ihm? Das kann doch wohl nicht wahr sein!«

»Doch es ist wahr«, freuten sich die beiden Alten, der Urgroßvater und der Großvater, wie die Kinder, »wir können es kaum erwarten, bis es soweit ist.«

»Aber wenn das so ist, wie sie es geschildert haben, mein Gott, ich kann es immer noch nicht fassen, wozu, sagen Sie mir doch bitte, wozu um Himmelswillen braucht der Mann denn dann jetzt noch Viagra, Ihr Herr Vater?«

»Zum weiteren Üben, natürlich«, rief Ottokar aus, »zum Nachsetzen. Unser Schwesterchen soll doch nicht alleine aufwachsen, oder?«

Vom Autor ist bereits bei BoD erschienen:

Raniero Spahn
Bolero
Satirische Erzählungen

Von genervten Ehemännern beim Schlussverkauf über den Versuch, das verlorengegangene eigene Ich wiederzufinden, bis zu einer Lektion in modernster Tanzkunst beschreibt der Autor in den vorliegenden Erzählungen zahlreiche Aspekte des menschlichen Lebens, in denen sich jeder Leser mit Erstaunen wiederfindet.

ISBN: 3-8334-0045-5
www.raniero-spahn.de

Vom Autor ist bereits bei BoD erschienen:

Raniero Spahn
Es ist nicht gut, dass der Mensch *allein* sei
Satirische Erzählungen

Vom folgenschweren Besuch eines Friseursalons an einem oberitalienischen See über einen Langzeitversuch, ein Tasteninstrument zu stimmen, bis hin zu einer mehr als außergewöhnlichen Autofahrt eines verärgerten Ehemannes lässt der Autor den Leser verschiedenste Situationen durchleben, die nicht in jedem Fall von reinster Freude geprägt sind.

ISBN: 3-8334-1821-4
www.raniero-spahn.de